황룡난신

FANTASTIC ORIENTAL HEROES
일황 新무협 판타지 소설

황룡난신 7

일황 新무협 판타지 소설

초판 1쇄 찍은 날 § 2012년 6월 12일
초판 1쇄 펴낸 날 § 2012년 6월 19일

지은이 § 일 황
펴낸이 § 서경석

편집부장 § 권태완
편집책임 § 박우진
디 자 인 § 이혜정

펴낸곳 § 도서출판 청어람
등록번호 § 제1081-1-89호
등록일자 § 1999. 5. 31
어람번호 § 제2-2232호

주소 § 경기도 부천시 원미구 심곡2동 163-2 서경B/D 3F (우) 420—822
전화 § 032-656-4452 팩스 § 032-656-4453
http://www.chungeoram.com
E-mail § chungeoram@chungeoram.com

ⓒ 일황, 2012

ISBN 978-89-251-2900-6 04810
ISBN 978-89-251-2740-8 (세트)

※ 파본은 구입하신 서점에서 교환하여 드립니다.
※ 저자와 협의하여 인지를 붙이지 않습니다.
※ 이 책은 도서출판 청어람과 저작자의 계약에 의해 출판된 것이므로,
  무단 전재 및 유포 · 공유를 금합니다.

황룡난신 黃龍亂神

7
[완결]

일황 新무협 판타지 소설
FANTASTIC ORIENTAL HEROES

目次

제1장	너 욕심이 참 소박하구나?	7
제2장	내가 왜 검에 집착하고 있는 거지?	53
제3장	나의 손으로 들어올 것이다	69
제4장	내려가서 밥이나 먹자고	89
제5장	난 안 져	109
제6장	미친놈과 미친놈이 싸워서 누가 더 상 미친놈인지 겨루는 승부인가?	139
제7장	나는 황룡문을 천하제일로 만들기로 약속했는데	155
제8장	남은 반각, 마저 즐겨보도록 할까?	177
제9장	이제 상황이 또다시 달라지겠군	193
제10장	심검(心劍)	219
제11장	황룡난신 만만세!	239
제12장	끝내는 이야기	281
외 전	황룡현신	287
작가후기		301

황룡난신

 이공이 몸에 두르고 있던 멸공지력을 회수했다. 그에 발맞추어 자운 역시 황룡을 불러들인다.
 고오오오―
 사방에 맴돌던 거대한 기운이 사라지자 고요함이 찾아왔다.
 폭풍전야의 고요함.
 폭풍이라는 것은 불어오기 전까지만 하더라도 한없이 고요하지만 일단 불어오기 시작하면 모든 것을 부수어 버리는 거대한 바람이다.

자운의 주변에서 바람이 일었다.

그는 생생히 이공의 멸공지력을 느끼고 있었다.

겉으로 드러난 것은 없지만 그렇다고 해서 멸공지력을 운용하지 않고 있는 것은 아니다.

속에 갈무리하고 언제든지 출수할 준비를 하고 있는 것이다.

단번에 뽑아내어 상대를 찢어발길 수 있는 맹수의 발톱과 같이 말이다.

자운 역시 황룡무상십이강을 꺼내 들지 않았다.

그것은 삼공과는 조금 다른 문제였다.

'기본적인 걸 잊고 있었다니.'

황룡무상십이강은 다른 사람들의 눈에 보이는 것은 화려하지만 그 공격 방식은 단순하기 그지없다.

열두 마리의 황룡이 존재하고, 그 황룡에는 고유의 힘이 있는 만큼 그 힘을 파악하기만 하면 어렵지 않게 황룡무상십이강을 상대할 수 있었다.

물론 여기서 어렵지 않게라는 것은 자운에 준하는 고수일 때 하는 말이다.

그러므로 항시 황룡무상십이강을 두르고 싸우는 것은 손해다.

공격 방식이 읽힌다면 그 후부터는 굉장히 힘든 싸움을 해야 한다.

 자운이 황룡무상십이강을 운용하지 않고 있는 것은 전혀 다른 이유도 있었다.

 '초식은 적재적소에 사용하면 위력이 더욱 강해진다.'

 자운이 이를 으득 갈았다.

 황룡무상십이강은 일종의 무공. 초식과 같은 것이다.

 특정하게 형을 이루고 있지는 않지만 그것은 분명 초식의 범주 안에 들어 있다.

 '가장 필요할 때 가장 필요한 것을 쓰면 그 위력은 배가 된다.'

 기초적인 무리임에도 불구하고 잊고 있었다.

 어쩌면 너무도 기초적인 무리인지라 잊고 있었는지도 모른다.

 '후우…….'

 자운이 호흡을 골랐다.

 또한 황룡무상십이강을 항시 운용하고 있지 않음으로써 좋은 점이 하나 더 있었다.

 황룡무상십이강에서 자운이 부리는 것은 열한 마리.

 열한 마리의 황룡은 어찌 보면 지성체와 가까운 존재라 할 수 있다.

 무리로써 설명되지 않는 어떠한 존재이기 때문에 그 존재들을 통제하기 위해서는 상당한 정신력이 필요하다.

무림에서 난신으로 이름 드높은 자운이라 해도 정신력이 썩어 넘치지는 않는다. 그러니 당연히 한계가 올 수밖에 없다.

'적절하게 황룡무상십이강을 사용하면 충분히 정신력을 조절할 수 있지.'

기본적인 무리를 챙김으로써 생기는 이득, 자운이 노리는 것은 바로 그것이었다.

이공이 자운을 노려봤다.

"올 텐가?"

자운이 히죽였다.

"나이를 많이 처먹은 사람이 먼저 와야 하는 거 아닌가? 허리도 아플 텐데."

"먼저 오지 않는다면 내가 가지."

쉬익—

이공의 몸이 날았다. 그의 양손이 쫘악 학의 날개처럼 펼쳐진다.

우우우우우—

공간이 울며 흑색 멸공지력이 그의 양손에서 안개처럼 뿜어져 나왔다.

그가 팔을 휘두르자 멸공지력이 자운을 향해서 뻗어 나

온다.

화악!

자운이 황룡신검을 강하게 움켜쥐었다.

"어딜!"

콰라라라락—

금광을 머금은 휘황찬란한 광채가 사방으로 뻗어나왔다.

광채는 그대로 우마와 같이 돌진하여 멸공지력과 충돌한다.

쾅!

불꽃이 터지고, 자운의 몸이 날았다. 그의 몸이 바람을 타고 단 한 걸음에 허공으로 솟구친다.

대각선으로 비스듬하게 솟구친 자운의 몸이 향한 곳은 바로 이공이 서 있는 곳.

자운이 검을 내리그었다.

폭룡검!

쾅 하는 소리와 함께 자운의 검에 응집되어 있던 황금빛 강기가 터져 나갔다.

이공의 몸이 흐릿하게 흔들린다 싶더니 빙글 돌아 자운의 뒤로 향한다.

폭령검의 기운은 애꿎은 허공을 때리고, 그가 자운의 등을 향해 멸공지력을 뻗었다.

천근추(千斤錘).

쾅—

자운의 몸이 바닥을 때리며 대지가 한차례 크게 흔들렸다.

출렁이는 대지에 몸을 가누지 못한 독곡의 무사들과 황룡문도들이 휘청거렸다.

"참 거칠게도 싸우는구나!"

쾅—

남우가 출렁이는 대지를 향해 진각을 펼친다. 단 한 수로 크게 출렁이던 대가가 평평하게 돌아왔다.

"쥐새끼처럼 잘 피하기는."

이공이 자운을 바라보며 이죽거린다. 자운이 황룡신검을 들어 올리며 그를 향해 말했다.

"웃기네. 그럼 넌 안 피하는지 실험해 볼까?"

자운의 신형이 셋으로 늘어났다.

확 하고 튀어 오르는 자운, 중앙에 서 있는 자운이 염룡교를 펼쳤다.

양옆의 자운이 날개와 같이 황룡검탄을 뿜어낸다.

세 방향을 둘러싸고 펼치는 자운의 공격에 이공이 가볍게 손을 털었다.

파락—

행동은 가벼웠지만 실제로 일어난 일은 가볍지 않았다.

손에서 뻗어나온 멸공지력이 거대한 포탄과 같이 뭉쳐지며 황룡검탄을 때렸다.

쾅—

황룡검탄을 부수고도 힘이 남은 멸공지력은 그대로 허공을 밀고 들어가 자운의 분신 둘을 없애 버린다.

남은 것은 염룡교를 펼치는 자운 하나.

하지만 염룡교를 막기 위한 수를 준비할 시간은 충분하지 않았다.

할 수 없이 이공이 뒤로 몸을 뺐다.

오 장여를 단숨에 이동하는 이공.

하지만 자운이 이미 그의 뒤로 가 있다.

"거봐. 너도 도망가잖아."

촤악—

자운의 황룡신검이 거칠게 그의 몸을 갈랐다.

찰나의 순간, 이공이 철판교의 수법을 취해 자운의 공격을 피해내며 안전한 곳으로 몸을 날렸다.

"제법이구나."

그가 놀란 가슴을 티 나지 않게 쓸어내리며 자운을 향해 새하얀 이를 드러내 보였다.

그 모습이 마치 맹수가 먹잇감을 향해 이를 으르렁거리는 듯했다.

확실히 자운이 평범한 먹잇감이었다면 그 한 수에 오금이 덜덜 떨리는 경험을 했을 것이다.

하지만 자운은 먹잇감이 될 정도로 나약한 동물이 아니었다.

'나는 용이다.'

환상 속에만 실재하며 모든 먹이사슬의 최상층에 존재하는 포식자, 그것이 황룡문도이고 자운이었다.

자운이 황금빛 호안을 번득이며 그를 노려보았다.

"어때? 계속할 수 있겠어?"

그가 이죽이자 이공이 두 손 가득 멸공지력을 집중시키며 자운의 말을 맞받아쳤다.

"농담이 시시하군. 좀 더 재미있는 농담은 없나?"

"어떤 거? 이를테면 네가 죽는다는 거?"

이공의 눈앞에 있던 자운이 단박에 사라졌다.

그가 다시 나타난 곳은 바로 이공의 사각지대라 할 수 있는 측면.

자운의 검이 사선으로 공간을 베어 가른다.

바람이 길을 열고 공간이 일그러졌다.

후우웅—

"흥! 이번 농담 역시 재미가 없군."

그가 몸을 숙이며 멸공지력을 사선으로 세웠다. 자운의 검에 담긴 검력이 사선을 타고 허공으로 날아갔다.

힘을 흘려낸 것이다.

하지만 자운의 공격은 거기서 끝난 것이 아니었다.

휘리리릭—

자운의 팔과 다리가 거칠게 허공을 갈랐다.

팡팡 하는 소리와 함께 자운의 주먹이 허공을 흔들었다.

공간 전체가 단박에 흔들리며 자운의 신형이 뒤로 빠진다.

동시에 그 충격을 견디지 못한 이공 역시 자운의 주먹에 스친 가슴을 움켜쥐며 뒤로 물러났다.

하지만 곱게 물러나지는 않았다.

'놈, 너에게도 똑같이 한 방 먹여주마.'

그가 단전에서 끌어올린 멸공지력을 다리로 집중시켰다.

쾅 하는 소리와 함께 대포처럼 뻗어진 멸공지력이 자운의 허리를 후려친다.

"크윽!"

갈비뼈가 저릿해지는 충격을 느끼며 자운의 몸이 뒤로 밀렸다.

간신히 힘을 집중해서 막았기에 뼈가 부서지는 일은 일어나지 않았지만, 멸공지력의 양이 삼 할 정도만 많았더라도 뼈가 상할 뻔했다.

자운은 허리를 움켜쥐었고 이공은 가슴팍을 움켜쥐었다.

"미친놈이 누구 좋으라고 내 허리를 부수냐!"

이공이 자신의 가슴팍을 움켜쥐며 소리쳤다.

"늙은이 심장을 멈추게 할 생각이었나!"

"그래. 콱 뒈져 버려라. 확실히 죽어버려. 내가 목을 따주마."

쾅 하는 소리와 함께 자운의 검에서 뻗어나온 광채가 거대한 참격을 형성하며 이공을 향해 날아들었다. 이공이 이리저리 허리를 틀었다.

휘리릭—

공간이 흐려지고, 참격이 그대로 이공을 스치듯 통과한다. 물론 아무런 피해를 입히지 못했다.

자운이 날린 참격을 유유히 피해낸 그가 자운을 향해 날아들었다.

두 손에서는 멸공지력이 마구잡이로 뿜어졌다.

자운이 검을 휘둘러 멸공지력을 쳐내었다.

쾅!

자운이 쳐낸 멸공지력이 남우를 향해 날아갔다.

남우가 독정기를 뭉쳐서 둥근 방패 형상으로 만들며 자운을 향해 크게 소리친다.

"아이고, 이놈아! 똑바로 안 싸우느냐! 뭐가 이리 튀어나오는 게 많아! 씨발!"

또 하나의 충격이 남우 쪽을 향해 날아가자 그가 하던 말을 멈추고 다시 충격을 막아내었다.

쿵—

독정기가 크게 흔들렸다.

"미친놈들아! 좀 적당히 싸우라고!"

자운이 소리쳤다.

"그게 네 일이잖아! 네가 해봐. 이 양반이랑 적당히 되는지!"

쾅!

자운이 휘두른 주먹이 멸공지력에 가로막혀 더 이상 나아가지 못하고 그 자리에서 맴돈다.

웡웡웡웡—

내공과 내공이 충돌하며 들려오는 이명에 귀가 저릿저릿 쑤신다.

운산과 우천이 귀를 부여잡았다.

자운이 멸공지력을 밀고 들어가기 위해 움켜쥔 주먹에 가득 힘을 주었다.

우드득—

뼈 부딪치는 소리가 들리며 멸공지력과 충돌하는 자운의 힘이 한층 강해진다.

그와 더불어 이공의 몸에서 솟구치는 멸공지력의 양도 훨씬 더 진해졌다.

"어림없다, 이놈."

그가 이죽이며 자운을 바라보았다. 자운이 주먹을 꾸욱 말아 쥐었다.

멸공지력과 금빛 광채의 팽팽한 힘겨루기가 허공중에서 이어진다.

콰과과과과—

사방을 기파가 휩쓸고, 그 탓에 바빠진 것은 남우였다.

그의 독정기가 이리저리 흔들리며 뿜어져 나오는 기파를 넓게 둘러싸서 막았다.

'빌어먹을. 뒤치다꺼리는 내가 해야 하다니.'

그가 이를 으득 갈며 자운을 바라본다.

'이 빌어먹을 놈아, 나한테 뒤치다꺼리를 시켰으면 어디 한번 제대로 이겨라.'

확실히 자운이 말했던 것처럼 자운은 남우에 비해서 반수 정도 위였다.

다시 말하면 자운과 팽팽하게 겨루고 있는 이공 역시 남우보다는 반수 정도 위라는 사실.

반수가 사실 큰 차이는 아니라고 하지만 절대의 경지에서 높아지면 높아질수록 반수는 거대한 벽으로 다가온다.

너무 높은 경지라 더 이상 올라가기 힘들기 때문이다.

남우에게 이공을 상대하라 한다면 버틸 수는 있겠지만 이기지는 못할 것이다.
　그리고 오랜 격전의 끝에 쓰러지는 것은 남우 그 스스로가 될 것이 분명했다.
　인정하기 싫은 사실이기는 하지만 그것 하나만큼은 분명한 진실이다.
　그러니 그로서는 자운이 이겨주기를 바라고 또 바라는 수밖에 없었다.
　남우의 눈에 힘겨루기를 하고 있는 자운과 이공의 모습이 들어온다.
　'이겨라.'

　그런 남우의 생각을 아는 것인지 모르는 것인지 둘의 힘겨루기는 더욱더 팽팽해져 가고 있었다.
　'으! 이대로 계속 힘겨루기만 할 수는 없지.'
　먼저 꼼수를 부린 것은 당연히 자운이었다.
　정파답지 않은 성격의 자운은 이길 수 있다면 무슨 짓이든 할 수 있다.
　자운이 다른 한쪽의 팔, 신검을 잡은 팔을 휘둘렀다.
　사각―
　검에서 황금빛 검강이 뿜어진다.

단번에 반월 형태로 허공을 가르고 이공을 향해 날아가는 강기!

힘겨루기를 하고 있는 와중에 여력을 돌려 이공을 공격한 것이다.

갑작스러운 공격에 이공이 경호성을 터뜨리며 허리를 뒤로 접었다.

"헙! 이 비겁한 놈!"

그의 허리가 뒤로 접힌다.

철판교의 수법. 그의 몸이 휘어졌던 대나무와 같이 탄력을 받아 돌아오려는 찰나, 자운의 신형이 그보다 한 수 더 빠르게 움직였다.

"이기는 놈이 장땡이야, 이 미친놈아!"

쾅!

방금 전까지 이공이 서 있던 자리에 자운이 천근추의 수법으로 떨어져 내렸다.

떨어지면서 펼친 보법은 광룡폭로.

자운의 발이 닿은 자리가 펑 하며 터져 나간다.

이공이 여전히 그 자리에 서 있었다면 조각이 나서 흩어졌을 것이다.

그가 자운을 바라보았다.

"정파 놈답지 않게 악독하구나, 이놈!"

자운이 그를 향해 이죽거린다.

"난 나쁜 놈들 모가지를 따기 위해서는 이것저것 안 가려. 확실하게 모가지를 딸 수 있는 방법을 찾을 뿐이지."

"그것이 우리 사파의 수법이다! 또한 마(魔)의 수법이다! 너 또한 그렇다면 마가 아니냐!"

자운이 고개를 절레절레 흔들었다.

"우리 편하게 생각하자고. 수법이나 그딴 거 보고 사파니 마도니 하는 거 좀 웃기지 않아? 칼이란 건 말이지, 무릇 사용하는 사람 나름이야."

자운이 화르륵 솟구치는 검강을 그를 향해 겨누었다.

"이를테면 말이지, 내 손에 들린 검이 무고한 민초나 죄 없는 이를 베어 죽일 수도 있지만……."

팽—

활에서 시위를 떠나간 화살 같이 자운의 몸이 쾌속하게 직선으로 움직였다.

어떠한 예비 동작도 필요하지 않은 엄청난 움직임이다.

그 움직임을 좇지 못한 독곡 사람들이 감탄을 터뜨렸다.

"엄청난 경신술이군!"

"저것이 천하제일에 가장 가까운 존재의 보법!"

그들에게 있어 남우는 너무도 배분이 높은 존재다.

또한 당연히 남우가 전력을 다해 무공을 펼치는 것을 본 적

너 욕심이 참 소박하구나? 23

이 없다.

 절대의 경지마저 초월한 고수들의 움직임을 그들은 알지 못하는 것이다.

 처음으로 본 그 경지는 감탄스럽기 그지없었다.

 자운의 몸이 공간마저 일그러뜨렸다.

 와선류가 일어나며 단번에 황금빛 궤적이 이공의 몸을 꿰뚫었다.

 "흥!"

 이공이 콧방귀를 뀌며 어깨를 틀었다.

 그의 어깨가 종이 한 장 차이로 자운의 공격을 피해낸다.

 그 역시 절대의 경지를 초월한 고수.

 같은 경지에서 같은 시간, 같은 속도로 움직이는 자운의 움직임을 읽지 못했을 리가 없다.

 그렇기에 간신히가 아니라 최소한의 움직임으로 자운의 공격을 피한 것이다.

 "이렇게 너희를 공격하면 정파가 되는 거고, 아까처럼 미쳐 가지고 무고한 사람을 베면 너네처럼 사마가 되는 거야. 알겠어? 그리고 사파라고 해도 모두 너희처럼 마구잡이로 칼질을 하지는 않아."

 자운은 적성에 협력하는 사파를 극도로 싫어했다.

 또한 최소한의 협마저 지키지 않는 사파를 경멸했다.

단지 그뿐이다.

"사파에도 그 나름의 협이 있고 멋이 있지. 그 정도를 지켜주기만 한다면 무림의 정기를 수호하는 일을 사파도 할 수 있어."

쾅!

자운이 검을 사선을 내리긋자 바닥이 터져 나간다.

이공이 몸을 펄쩍 뛰어 십 장 밖으로 물러났다.

언제 십 장 밖으로 움직인 것인지 확인조차 하지 못할 정도로 이공의 움직임을 빨랐다.

하지만 자운의 황금빛 금안은 이미 이공의 움직임을 좇고 있었다.

그의 눈이 먹이를 노리는 맹수의 눈처럼 빛났다.

"그러니까 너희는 죽어 마땅한 사파라는 거지."

휘리릭—

황룡검탄과 직도황룡의 연계.

일곱 마리의 황룡이 튀어나오며 일곱 방위를 점했다.

단번에 사방을 비롯하여 천지, 즉 위아래까지 점하고 날아드는 직도황룡을 막아내기 위해 이공은 전신으로 멸공지력을 둘렀다.

쾅!

한순간 공간이 흔들리며 멸공지력이 풀렸다.

그렇다고 해서 자운의 공격에 멸공지력이 뚫린 것은 아니다.

공격이 끝났음을 느낀 이공이 스스로 멸공지력을 푼 것이다.

그 순간, 이공은 헛바람을 들이켜야 했다.

시야가 가려진 틈을 타서 자운이 바로 자신의 앞에 나타난 것이다.

검을 쭈욱 뻗어서 이공을 겨눈 채로 자운이 씨익 웃었다.

"뒈질 때쯤 됐지?"

쾅—

자운의 검을 멸공지력이 막았다.

하지만 자운은 실망하지 않고 씨익 웃었다.

"이게 끝인 것 같아?"

순간, 자운의 몸을 휘감고 모습을 드러낸 패룡이 그대로 황룡신검을 타고 쏘아진다.

쾅!

지축을 뒤흔드는 굉음과 함께 이공의 신형이 주르륵 밀려났다.

이공은 두 팔을 교차해 패룡의 공격을 막아내었다.

힘겹게 막아내긴 했지만, 그 탓에 두 팔의 근육은 흉물스럽게 짓눌려 있었다.

"이 썩을 놈이."

그가 자신의 팔을 내려다보았다가 자운을 노려보았다.

동시에 멸공지력이 아닌 선천지기를 끌어올렸다.

이공 정도 되는 고수라면 도가의 무공을 익히지 않더라도 다른 무인들에 비해서 선천지기가 월등히 많았다.

선천지기는 무인에게 있어 내공과 같이 중요한 생명의 반증이자 동시에 회복력의 빠름을 가리는 척도다.

선천지기가 두 팔을 휘감자 상처가 조금씩 치료되기 시작한다.

자운이 그 모습을 보고 혀를 절레절레 내둘렀다.

"괴물 같은 놈."

그에 비해서 자운의 선천지기는 그리 많지 않았다.

여타 고수들에 비해서 월등히 많기는 했지만 그가 쌓은 내공은 어디까지나 편법.

다른 어떤 육체의 활동을 금하고 쌓은 내공이기 때문에 선천지기 자체는 거의 녹아들지 않은 것이다.

그러니 이공만큼 빠른 회복력을 보일 수는 없었다.

그것이 자운에게 있어서는 치명적인 단점.

이공이라면 어느 정도의 상처를 입어도 스스로 자가 회복을 할 수 있으나 자운은 그게 안 된다.

그러니 거의 상처를 입지 않고 이공을 쓰러뜨려야 하는 것이다.

 또한 상처를 입힐 때마다 회복을 하는 이공의 선천지기 역시 문제였다.

 '한 방에 죽여 버리거나 그렇지 않으면 선천지기를 먼저 고갈시켜야 한다는 의미인데……'

 그 어느 쪽도 쉬운 일이 아니다.

 이번과 같은 공격은 앞으로 거의 통하지 않을 것이다.

 방금 전에 공격을 당했으니 이공은 언제 튀어 나올지 모르는 황룡들에 대해서 충분히 대비할 것이 분명했다.

 '골치 아프게 되었군.'

 사실 이번 공격 한 번으로 그를 끝내 버리려고 했다.

 하지만 그럴 수 없게 되었으니 지금부터 힘든 싸움을 해야 할 것이다.

 자운이 신검을 움켜쥐며 자세를 고쳐 잡았다.

 "흐흐흐흐흐, 이놈. 내 팔에 상처를 내었으니 네 팔에도 똑같은 상처를 내주마."

 "내가 상처 냈다는 증거 있어?"

 이공이 자신의 팔을 들어 보이려다가 멈칫했다.

 팔의 상처는 이미 선천지기로 모두 치료하지 않았는가.

 "봐, 없잖아. 증거도 없으면서 애먼 사람보고 상처를 입힌대. 그리고 말이야, 너, 내가 널 죽이면 나도 죽일 거냐? 꼭 죽여야 한다? 물론 네가 죽었다가 다시 살아날 수 있는 능력이 있을 때의 이야기겠지만 말이야."
"이, 이놈이!"
자운이 자신을 농락했다는 생각에 이공의 전신이 부들부들 떨렸다.
동시에 쾅 하는 굉음이 울리며 이공의 신형이 모두의 눈에서 사라진다.
그 움직임을 똑똑히 읽은 이는 자운밖에 없었다.
흐릿하게나마 궤적을 쫓은 이도 남우뿐이었다.
그들을 제외한 그 누구도 장내에서 이공의 움직임을 읽어내지 못했다.
'뒤.'
자운이 빙글 돌며 검을 사선으로 세웠다.
쾅 하는 소리와 함께 멸공지력이 신검을 강하게 두드린다.
신검이 부러질 듯 휘어졌다.
하지만 괜히 신검이 아니다.
자운이 기운을 불어 넣자 신검이 잘게 떨었다.
우우우우웅—
동시에 휘어졌던 검신이 펴지며 멸공지력을 밀어내기 시작한다.
"누가 맞아줄쏘냐!"

너 욕심이 참 소박하구나? 29

자운이 소리치며 다른 손을 움직였다.

용구절천수가 펼쳐지며 용 울음소리가 연달아 아홉 번 울려 퍼진다.

공간이 아홉 갈래로 갈라졌다.

그 각각의 공간마다 자운의 경력이 깃들었고, 다음 순간 이공을 향해 쏘아졌다.

쐐애애액—

이공이 멸공지력을 팔에 둘렀다.

쾅— 쾅쾅콰—

연달아 폭음 터지는 소리가 났다.

그 수가 무려 아홉 번.

한 번에 반보씩 이공의 몸이 뒤로 밀려났다.

그렇게 밀려난 거리가 사 보 반.

그 틈을 이용해 자운이 몸을 뒤로 뺐다.

이공이 사 보 반의 차이는 차이도 아니라는 듯 단번에 좁히고 들어온다.

이공과 자운은 한 걸음에 십 장이 넘는 거리를 이동할 수 있는 고수들이다

그런 그들에게 사 보 반의 차이는 거의 없는 것과 같았다.

이공이 자운을 쫓으며 양팔에 멸공지력을 둘렀다.

뭉실뭉실 피어오른 멸공지력이 두 팔을 벗어나 길게 이어

진다.

그 모습이 마치 채찍과 같다.

길게 늘어진 이공의 채찍이 마구잡이로 휘둘러졌다.

멸공지력으로 이루어진 채찍이다.

움직일 때마다 주변의 공간을 무너뜨리며 자운의 운신을 압박했다.

또한 채찍의 움직임은 자운을 노리고 공격해 들어온다.

빠르게 무너지는 공간 속에 자운의 몸이 갇히다시피 했다.

이대로 간다면 곧 이공의 채찍에 적중당할 것이 분명했다.

자운이 공룡을 불러내었다.

공룡은 공간을 통제하는 용.

그렇다면 멸공지력이 무너뜨리는 공간을 충분히 복원해 낼 수 있었다.

물론 전문적으로 공간에 개입하는 힘인 멸공지력만큼 빠르게는 할 수 없다.

하지만 어느 정도 몸을 피할 수 있을 정도의 공간은 확보할 수 있었다.

우우우우우우우—

공룡이 울며 멸공지력을 양손으로 움켜잡았다.

자신의 멸공지력이 가로막히자 이공이 눈을 부릅뜨며 공룡을 노려본다.

그 사이에 공룡이 긴 수염을 꿈틀거리며 무너진 공간을 복구했다.

몸을 뺄 수 있을 만한 충분한 공간이 확보되는 순간, 자운은 미련이 없다는 듯 몸을 날린다.

쾅!

그런 자운을 쫓은 멸공지력의 채찍이 공룡을 넘어서 휘둘러진다.

"어딜 도망가느냐!"

하지만 자운은 이미 멸공지력이 닿지 않는 곳으로 몸을 뺀 후였다.

그가 자운을 바라보며 빠득 이를 갈았다.

요리조리 쥐새끼처럼 피해내는 것이 여간 마음에 들지 않는다.

그러는 사이에 공룡이 스르륵 하고 자운의 몸 주변으로 돌아와 단전 속으로 들어간다.

자운이 자신의 몸에 묻은 먼지를 탁탁 털어냈다.

멸공지력을 피하기 위해 바닥을 구르다시피 했기 때문에 몸에 먼지가 묻었던 것이다.

"이거 사람 시켜서 세탁할 생각인데 세탁비는 네가 주는 거지?"

자운이 더러워진 옷을 탁탁 털어내며 그를 놀린다.

이공이 이를 뿌득 갈았다.

"이놈! 끝까지 나를 놀리려 드는구나!"

그의 몸에서 수십 줄기의 흑선이 발출되었다.

평범한 흑선이 아니다.

하나하나가 멸공지력의 정수, 응축된 멸공지력의 결정체였다.

공간마저 무너뜨리는 힘인 멸공지력이 선으로 보일 정도로 압축되어 날아드는 것이다.

그 수가 수십 다발.

스치기만 하더라도 살이 조각조각 분해될 것이다.

심하면 뼈가 그 자리에서 가루가 되어 사라질 수도 있었다.

'맞아줄 수는 없지.'

자운이 용린벽을 양옆에 두르고 흑선 속을 파고들었다.

수십 다발에 이르는 흑선이 요리조리 움직이며 자운을 압박했다.

자운은 양손으로 형성한 용린벽을 방패마냥 움켜쥐고 사방팔방으로 움직였다.

쾅쾅쾅—

흑선의 다발이 달려들며 부술 듯 용린벽을 후려쳤다.

하지만 자운의 내공을 가득 머금은 용린벽은 그 강도가 가히 호룡에 맞먹을 정도로 쉬이 부서지지 않는다.

쾅쾅—

자운의 신형이 단번에 이공의 가슴팍까지 파고들고, 자운의 눈이 반짝인 순간 이공의 눈 역시 반짝였다.

"파고들 줄 알았다, 이놈!"

자운이 대경실색하며 물러나려 했다.

자신이 파고든 것이기는 하지만 이공이 판 함정일 줄이야.

'어쩐지 너무 쉽더라니.'

말아 쥐는 이공의 주먹이 대포처럼 거대하게 보인다.

뻗어나오던 흑선이 모조리 주먹으로 빨려들어 가는 순간, 거대한 멸공지력이 쏘아졌다.

쾅—

자운을 뒤덮은 검은 포탄이 그대로 밀고 나갔다.

"미친!"

자신을 향해 날아오는 거대한 멸공지력의 덩어리를 보며 남우가 경호성을 터뜨렸다.

온몸의 멸공지력을 뭉친다.

"모두 내 뒤에서 물러나라!"

저걸 막으면서 자신의 뒤로 향하는 충격파까지 방어할 자신이 없었던 남우가 자신의 뒤쪽을 비웠다.

독정기의 방패가 형성되는 순간,

쾅!

멸공지력이 남우의 독정기를 후려쳤다.

남우의 신형이 크게 흔들렸다.

"크으으으으윽!"

지금 막아낸 자신이 이렇게 힘든데 저 속에 들어가 있는 자운의 고통이 얼마일지는 감히 상상도 가지 않는다.

'이 정도에서 쓰러지는 거냐!'

"이 미친 녀석아!"

남우가 마음으로, 입으로 자운을 불렀다.

그 순간, 황룡 한 마리가 흑색 대포의 궤적 속에서 치솟았다.

호룡!

"넌 조금 있다가 뒈지게 맞자!"

자운이 호룡으로 멸공지력을 모조리 소멸시켜 버린다.

멸공지력 속에서 호룡의 보호를 받은 자운은 옷이 좀 너덜너덜하기는 하지만 괜찮았다.

자운의 좌수가 잘게 떨린다.

"후우! 죽는 줄 알았네."

간발의 차로 호룡을 불러냈다.

그것으로도 모자라 미리 만들어두었던 용린벽의 방패를 두 개나 겹쳐서 전면을 보호했다.

그러지 않았더라면 저 속에서 생을 마감했을 것이다.

너 욕심이 참 소박하구나?

자운이 이공을 노려본다.

"멍청하게 공격만 하는 줄 알았더니 이렇게 함정도 팔 줄 알고, 제법 대단한데?"

"그 속에서도 죽지 않고 살아 나오다니, 너는 정말 정파 무림의 구성이구나, 구성이야!"

이공이 자운을 향해 순수한 감탄을 했다.

이것은 적으로서 보내는 찬사가 아니라 무인으로서 보내는 감탄이었다.

자신이라도 저 속에 들어가면 온전히 목숨을 보전할 자신이 없는데 그것을 막아내었다고?

말도 안 되는 소리.

자운이라는 놈이 괴물인지 그렇지 않으면 황룡문 놈들이 괴물인지 알 수 없었다.

'어찌 이리 황룡문에는 괴물이 많다는 말이냐.'

그는 이를 뿌득 갈며 이백 년 전을 상기했다.

이백 년 전, 황룡검존이라는 자도 자신들을 막아섰다.

당시 무림을 수호하는 최고의 구성을 꼽으라면 단연 황룡검존을 꼽아야 한다.

그런 구성의 자리를 이번에는 그 후예가 꿰찬 것이다.

이공의 칭찬에 자운이 씩 웃었다.

"과찬의 말씀. 그런다고 누가 봐줄 줄 알아?"

"놈, 황룡문의 무공이 과연 대단하기는 한가 보구나."

"황룡문의 무공? 물론 대단하지. 그걸 이렇게 멋지게 펼쳐내는 나는 정말 세상에 다시없을 불세출의 천재이고 말이야."

제 얼굴에 금칠도 저 정도면 병이다.

하지만 이공은 아무런 소리도 하지 못했다.

저 정도 경지에 오른 이를 천재가 아니라고 부인해 버린다면 같은 경지에 올라 있는 자신 역시 천재가 아니기 때문이다.

그는 부정하는 대신 자운의 뒤로 늘어선 황룡문의 제자들을 바라보았다.

"너로 인해 황룡문은 사라질 것이다. 황룡문의 무공은 지독히 위험하구나. 너와 같은 고수가 또 하나 배출된다면 우리는 천하를 정복한 후에도 두 발을 뻗고 잘 수 없을 터. 황룡문은 세상에서 지워질 것이다."

자운이 피식 웃었다.

"어, 나랑 똑같은 생각을 했네. 나는 적성을 지워 버릴 생각을 했는데 넌 황룡문을 지워 버릴 생각을 했구나."

자운이 황룡신검을 가볍게 휘둘렀다.

"그래서 넌 죽어야 해!"

"네놈 역시 마찬가지다!"

자운이 휘두른 검에서 반월 형태의 기운이 뿜어졌다.

이공의 몸에서 역시 수십 다발의 흑선이 뿜어지며 반월 형태의 강기와 충돌했다.

쾅쾅—

천지가 진동할 정도의 굉음이 울리고, 둘이 서로를 향해 빙글빙글 돌았다.

이공의 주위에는 흑선들이 꿈틀거리고 있었다.

자운이 그런 이공을 향해 물었다.

"혹시 그거 문어 다리 보고 창안한 무공이면 나한테 이길 생각을 버려라. 황룡문의 무공은 전설상의 영수인 황룡을 보고 창안한 무공이니까."

패도적이며 강맹한 이공의 흑선이 한순간에 문어 다리가 되어버렸다.

이공은 격노하는 대신 마음을 침착하게 했다.

저 말재간에 이성을 잃고 휘둘려서는 안 된다.

놈은 상대를 농락하고 기만하는 데 있어서는 무공보다 더 고수였다.

그런 술수에 말려들어 가 침착함을 잃어버린다면 그것은 뼈아픈 패인이 될 수 있다.

그가 동요하지 않자 자운이 속으로 혀를 찼다.

'쳇.'

내심 동요해서 날뛰기를 바라고 펼친 격장지계였는데 통하지 않으니 안타까웠던 것이다.

'역시 무공으로 해야 하나.'

그가 황룡신검을 내려다보고는 넘실거리는 흑선들을 바라보았다.

하지만 섣불리 파고들지는 않았다.

방금 전에 한 번 공격을 당한 뼈아픈 기억이 아직도 욱신거리는 좌수를 타고 전해졌던 것이다.

'놈은 약하지 않다. 그러니 더욱 주의해야 한다.'

자운이 가슴을 침착하게 식혔다.

냉정하게 상황을 파악했다.

아직 이공도 그렇고 그 스스로도 상대에게 치명상을 입힌 적이 없다.

치명상뿐만 아니라 운신에 무리가 갈 정도의 상처도 입히지 못했다.

그렇다는 것은 이 결투가 언제까지고 계속 이어질 수 있다는 말이다.

그러한 가능성을 자운은 냉철하게 검토했다.

그리되어서는 안 된다.

지금의 생사투도, 앞으로 이어질 싸움에서도 결코 좋지 못한 영향을 미치리라.

자운은 머리를 돌려 이 전투를 끝낼 수를 찾았다.

긴장이 팽팽하게 이어졌다.

마치 언제까지고 대치만 할 것 같은 분위기가 이어진다.

좌중은 감히 움직이지 못하고 두 초월자의 싸움을 주시했다.

고수들의 싸움은 바라보는 것만으로도 도움이 된다.

어떻게 흘러가는 것인지는 알 수 없지만, 무인인 이상 느끼며 깨닫는다.

운산과 우천이 그러했다.

그들은 자운의 움직임을 간신히 좇으면서, 아니, 움직임의 구 할 오 푼 이상을 놓치면서도 악착같이 자운을 좇았다.

그들이 익힌 무공 역시 자운과 같은 황룡문의 무공이다.

눈으로 좇고 가슴에 새겨 익히고 배운다면 언제고 자운과 같은 무위를 가지게 될 것이라는 생각에 그리하고 있는 것이다.

계속해서 이어질 것만 같은 긴장의 연속을 깬 것은 이공 쪽이었다.

이공의 흑선 중 하나가 공간을 가르며 빠르게 자운을 향해 날아갔다.

자운이 쾅 하는 소리와 함께 신검을 휘둘러 흑선을 막아낸다.

그 소리를 신호탄처럼 수십 다발의 흑선이 어지럽게 공간을 놀렸다.

허공을 희롱하고 공간을 부수며 자운을 향해 달려든다.

자운이 호룡을 불렀다.

저것을 일일이 다 막다가는 그의 심력이 먼저 바닥날 것이다.

호룡 속에 몸을 숨긴 자운이 흑선 다발을 향해 걸음을 내디뎠다.

쾅 하는 소리와 함께 호룡의 비늘 위로 흑선이 충돌하는 것이 선명하게 느껴진다.

저벅저벅―

흑선은 계속해서 호룡을 후려쳤고, 자운은 호룡을 더욱 튼튼하게 하여 온몸을 휘감았다.

우우우우우―

자운의 의지가 전해지자 호룡이 긴 울음을 터뜨린다.

"이놈!"

자신의 흑선이 통하지 않자 이공이 주먹을 말아 쥐며 흑선을 뭉쳤다.

흑선이 그의 바로 앞에서 빙빙 뭉쳐지며 송곳의 형태로 변한다.

수십 줄기의 흑선이 만들어낸 하나의 송곳.

그 끝이 예리하게 반짝이며 단번에라도 자운을 관통할 듯 번득였다.

자운이 호룡의 고개를 송곳의 날로 향하게 했다.

거대한 송곳과 하늘을 찌를 듯 솟아 있는 호룡의 고개가 마주하는 순간, 번쩍하는 섬광이 튀며 둘이 충돌한다.

호룡이 어금니로 온 힘을 다해 송곳을 물었다.

키이이이잉―

송곳은 호룡의 어금니 사이에 물린 와중에도 빠르게 회전하며 자운을 향해 파고들려고 노력했다.

자운이 칠룡과 팔룡, 쌍두룡을 부른다.

이기어검과 같이 쌍두룡의 머리가 허공중에서 펄럭였다.

"가라!"

자운이 손을 뻗자 쌍두룡의 두 머리가 누가 뭐라고 할 것 없이 동시에 칠공을 향해 날아들었다.

칠공이 송곳을 그대로 둔 채로 양손을 펼쳤다.

멸공지력이 모여들며 거대한 방패의 형상을 만들고, 칠룡과 팔룡이 그 방패에 충돌한다.

쿠웅―

바닥이 크게 출렁였다.

자운이 진각을 밟았다.

쾅―

출렁이는 바닥이 더욱 심하게 요동치며 자운의 신형이 높게 띄워졌다.

이공의 멸공지력과 충돌하고 있던 두 마리의 용은 단번에 자운의 몸속으로 돌았다.

자운이 호룡만을 유지한 상태에서 지체없이 새로운 용을 불러내었다.

비룡.

자운의 몸이 비룡에 올라타는 순간, 비룡의 머리가 섬전처럼 이공을 향해 쇄도한다.

자운이 비룡의 몸을 박차고 뛰었다.

비룡이 만들어준 길을 자운이 타고 달리는 것이다.

타다다닷—

발소리가 울려 퍼짐과 동시에 자운의 높게 뛰어 자운의 뒤쪽에 내려선다.

"잔재주를!"

이공이 호룡을 상대하던 송곳을 물리고 자운을 향해 멸공지력을 뻗으려 하는 순간,

호룡이 커다란 고개로 이공의 몸을 들이받았다.

"커헉!"

이공의 몸이 튕기듯 자운을 향해 날아든다.

자운이 이공의 가슴팍을 향해 파고들었다.

자운의 어깨가 이공의 가슴팍을 밀고, 자운의 손바닥에서 패룡이 쏘아졌다.

쾅!

뒤에서 호룡에게 맞은 충격이 채 가시기도 전에 전면을 패룡과 충돌한다.

어지간한 사람이었다면 정신 끈이 끊어졌을 것이다.

하지만 이공은 과연 이공이었다.

이백 년이라는 세월을 살아온 괴물답게 정신력이 그야말로 대단했다.

패룡이 이공의 몸과 충돌하는 순간, 수십 줄기의 흑선이 자운의 몸을 때렸다.

"커헉!"

자운이 다리에 힘이 풀리는 것을 느끼며 그 자리에 주저앉았다.

이공은 착지할 힘을 끌어 모을 시간도 없었던 것인지 형편없이 바닥을 구른다.

자운의 온몸에 흑선이 치고 지나간 상처가 생기고 피가 줄줄 흘러내렸다.

흑선으로 인해 생긴 상처는 그 부분을 구성하던 몸의 조직이 무너진 것과 마찬가지여서 쉽게 재생되지 않는다.

"크흑."

자운이 쓰라린 상처를 만졌다.

지혈도 잘 되지 않는다.

그나마 다행인 점은 간신히 몸을 비틀어 치명상은 없다는 점이다.

무리해서 움직인다고 해도 터질 상처가 아니었으니 당장에 지혈을 할 필요는 없었다.

자운이 자신의 상처를 살피는 사이, 이공의 몸에서 우드득 하는 소리가 들린다.

이공이 천천히 몸을 일으켰다.

그 모습이 강시와 같다.

무릎도 굽히지 않고 어떠한 관절의 움직임도 없이 몸을 일으킨 이공이 자운을 타오르는 눈으로 노려보았다.

무언가 말을 하려는 듯 입을 씰룩였지만, 몸의 어긋난 뼈를 재구성하는 중인지라 입을 열지는 못했다.

선천지기가 몸속을 순환하며 뼈를 휘감았다.

워낙에 큰 상처인지라 선천지기의 절반 이상이 단번에 날아간다.

한 번만 더 이런 공격을 당한다면 회복할 수 없을 것이 분명했다.

"쿨럭."

어긋난 뼈를 맞추는 작업을 대충 마친 그가 피를 토했다.

입에서 흘러나온 피와 함께 내장조각이 떨어진다.
자운이 그 모습을 보며 이죽거렸다.
"꼴좋구나."
그렇게 말하는 자운의 몸 상태도 정상은 아니었다.
흑선으로 인해 입은 상처가 아니라 파고든 흑선의 경력이 문제다.
빨리 운기를 해서 몰아내지 않으면 삼 일도 채 되지 않아 자운의 골수까지 침투한 멸공지력의 경력이 자운을 분해할 것이다.
'오래 끌어서는 안 된다.'
아무리 길게 잡아도 두 시진, 그 안에는 싸움을 끝내야 한다.
차가운 바람이 불어왔다.
자운의 등 뒤로 축축하게 식은땀이 흘러내린다.
'괴물 같은 자식.'
자운이 이공을 노려보았다.
이공 역시 자운을 노려본다.
자운이 검을 지팡이 삼아 힘겹게 몸을 움직였다.
동시에 노도와 같은 내공이 자운의 몸속에서 휘몰아쳤다.
내공이 흘러가는 곳은 흑선으로 인해 상처를 입은 곳.
푸슛 하는 소리와 함께 피가 터져 나왔다.

일시적으로 내공이 그 부분에 집중되니 일어나는 현상이었다.

하지만 멸공지력의 경력을 두 시진 가량 묶어놓기 위해서는 이 수밖에 없었다.

'두 시진 안에 끝을 내지 않으면 내가 과다 출혈로 죽거나, 아니면 멸공지력의 경력에 몸이 분해되어서 죽겠군.'

어느 쪽이든 그 안에 끝내지 못하면 죽는다.

자운이 이를 악물었다.

이공 역시 분기탱천한 눈으로 자운을 노려본다.

자운의 시선과 이공의 시선이 허공중에 얽혀들었다.

초월자들의 시선은 단순하지 않다. 엄청난 기세가 그 속에 숨어 있다.

기세와 기세가 충돌하며 뜨거운 열풍이 사방을 휩쓸었다.

관전하는 운산과 우천은 후끈한 바람이 와서 닿는 것을 느꼈다.

운산과 우천이 그 감각을 느끼는 순간 이공과 자운의 신형이 자리에서 사라졌다.

스팟 하는 소리와 함께 둘의 신형이 허공으로 튀어 오른다.

제비같이 튀어 오른 자운이 옷을 넓게 펼치며 황금빛 검강을 뿌렸다.

파바바밧―

이공이 몸을 비틀어 모든 강기를 피해내자 목표를 잃은 강기가 그대로 바닥과 충돌했다.
쾅 하는 소리와 함께 자욱한 모래먼지가 일어났다.
자운이 모래먼지에는 신경 쓰지 않고 이공을 쫓았다.
그의 눈에 섬광처럼 움직이는 이공의 움직임이 들어왔다.
자운이 허리를 비틀었다.
굵은 흑선이 자운의 허리가 있던 자리를 때리고 지나갔다.
콰앙―
자운이 그대로 발에 황금빛 강기를 두르고 흑선을 박찼다.
그가 단번에 이공의 지근거리로 날아갔다.
주먹을 뻗는다.
화악 하는 소리와 함께 주먹에서 화염이 치솟았다.
염룡교의 수법!
화염이 그대로 공간을 갈랐다.
팡 하는 소리와 함께 이공이 두 팔을 교차하며 멸공지력을 둘러 자운의 공격을 막아내었다.
동시에 날카롭게 휘어진 이공의 손이 갈고리마냥 자운을 노리고 날아들었다.
"이크크크."
자운이 그 자리에서 어깨를 틀었다.
쭉 뻗은 이공의 품을 향해 파고든 것이다.

이공의 다른 한 손이 움직인 것은 바로 그 순간이었다.

멸공지력이 손가락 끝을 감돌고, 스팟 하는 소리와 함께 손가락에서 흑선이 쏘아졌다.

자운이 빠르게 호룡을 불렀다.

텅!

호룡과 흑선이 충돌하자 자운의 몸이 잘게 떨리며 뒤로 물러났다.

이공 역시 뒤로 한 걸음 정도 물러난다.

단 일 보, 단 일 보면 좁혀질 차이 속에서 거대한 기세가 충돌했다,

화아아아아악—

허공으로 기세가 솟구치며 용오름과 같은 형상을 만들어 낸다.

대막의 용권풍이 저러할 텐가?

거대한 기세에 바윗덩이도 빨려 올라가 허공중에서 박살이 나 산산이 흩어진다.

스팟—

자운의 신검이 그 공간을 갈랐다.

쩌억 하는 소리가 들리는 듯하며 공간이 쪼개지고, 그 사이를 신검이 밀고 들어온다.

멸공지력이 움직였다.

쾅―

자운의 신검이 멸공지력에 뒤로 밀려났다.

하지만 밀려난 신검은 빠르게 원을 그리며 다시 원상태로 돌아와 이공을 노렸다.

"이놈이!"

이공이 연달아 양손을 출수했다.

쾅쾅―

신검이 이리저리 움직이며 경력을 흘려낸다.

자운이 몸속에서 호룡을 불렀다.

쾅!

이공이 쏘아낸 멸공지력과 호룡이 충돌한다.

동시에 패룡을 불러 이공을 노렸다.

콰우우우우우우―

패룡이 기다란 울음을 터뜨리며 이공을 압박한다.

이공이 온몸으로 멸공지력을 둘렀다.

패룡과의 거센 충돌!

쾅!

사방이 진동하며 대기가 잘게 떨었다.

자욱한 모래먼지 속으로 암룡이 녹아든다.

이공이 그것을 느낀 것인지 느끼지 못한 것인지 자운을 향해 이를 뿌득 갈았다.

"네놈만큼은 꼭 죽이겠다."

"난 너도 죽이고 일성도 죽이고 일공도 죽일 건데? 너 욕심이 참 소박하구나?"

"이노오옴!"

그의 몸에서 수십 다발에 이르는 흑선이 쏘아져 자운을 향했다.

第二章 내가 왜 검에 집착하고 있는 거지?

황룡난신

투콰앙—

저들은 사람이 아니다.

이공과 자운의 싸움을 바라보는 모두가 그런 생각을 했다.

사람이라면 저런 신위를 보일 수가 없다.

한 걸음에 산이 무너지고 땅이 쪼개지며 바다가 갈라진다고 하던가?

저런 공격을 정통으로 맞는다면 땅이든 산이든 바다든 버틸 리가 없다.

그 증거로 그들이 싸우는 주변의 땅이 쩍쩍 갈라지며 터져

내가 왜 검에 집착하고 있는 거지?

나갔다.

마치 거미줄이 생겨나는 듯 땅이 터져 나가며 뒤집어진다.

공포스러운 광경이다.

운산과 우천은 그런 둘의 싸움을 손에 땀을 쥐고 지켜봤다.

자운의 싸움은 항상 위태위태하다.

칠적과 싸울 때도 그랬으며, 더욱 강해진 지금도 이공과 동수를 유지하며 아슬아슬한 싸움을 한다.

한 번의 공격에만 적중당해도 그 자리에서 절명할 수 있는 그런 싸움이 계속해서 이어진다.

하지만 그런 상황 속에서도 자운 외에는 희망을 걸 수가 없는 것이, 저런 이들을 상대할 고수가 자운 말고는 없기 때문이다.

남우 역시 그들에 비하면 반수 밀린다는 것을 스스로 인정했다.

다시 말하면, 자운만이 적성의 최고위급 고수들을 상대할 수 있다는 말이다.

지금 이 자리에서 자운이 패배한다면 정파의 미래는 없을 것이다.

정파의 미래가 자신의 어깨 위에 걸려 있는 것을 아는지 모르는지 자운이 검을 휘둘렀다.

거칠게 휘둘러진 검에서 화살이 쏘아지듯 황룡검탄이 날았다.

쐐애액— 쾅—

바닥이 터졌다.

이공이 그 자리에서 몸을 피했다.

몸을 피해낸 이공이 허공에서 제운종처럼 몸을 회전시키며 자운을 향해 연달아 멸공지력을 날렸다.

흑색의 창과 같은 멸공지력 수십 발이 자운을 노리고 날아들었다.

"와라!"

자운이 소리를 치며 호룡을 불렀다.

대해와 같은 자운의 단전 속에 맴돌던 호룡이 일어나 자운을 휘감는다.

호룡이 멸공지력의 창을 모조리 막아내었다.

쾅쾅—

엄청난 충격에 한순간 호룡이 사라질 뻔했다.

하지만 자운의 굳건한 의지를 받아낸 호룡은 그 모습을 유지하며 자운을 지켜낸다.

멸공지력의 창이 모조리 막히자 이공이 이를 뿌득 갈았다.

'저 용이 문제다.'

자운을 지켜주는 저 용.

저 용을 처리해야 자운에게 치명타를 입힐 수 있을 것이다.

호룡이 있는 이상, 절대로 불가능했다.

'방법이 없나.'

멸공지력이 밀고 들어오는 대포와 같은 힘도 버텨낸 호룡이다.

부수기 위해서는 그보다 더 큰 힘이 필요했다.

자운 역시 이공을 거꾸러뜨릴 방법에 대해서 생각하고 있었다.

'놈의 회복 속도가 느려지고 있다. 선천지기가 생각보다 많이 남지 않은 거야.'

이대로 이어진다면 자운이 승리할 것이다.

물론 자운의 몸이 그때까지 버텨줄 때의 이야기다.

지금도 몸속을 파고든 멸공지력의 경력은 살을 야금야금 갉아 먹으며 언제든지 몸을 분해하기 위해 달려들고 있다.

자운이 이를 꾸욱 악물었다.

상처를 타고 욱신거리는 고통이 전해진다.

육신이 조각조각 분해되고 있는 감각이 생생하게 느껴졌다.

자운 정도의 정신력이 아니었다면 단번에 정신이 붕괴되어 그 자리에서 광인이 되어버렸을 것이다.

죽음이 임박한 순간 고통을 이기지 못해 광인이 됨과 동시에 혼절할 것이 분명했다.

하지만 그는 다른 누구도 아닌 자운이다.

이 정도에 정신력이 흔들릴 리가 없다.

'하지만 그렇다고 해서 오래 끌어서 좋을 것도 없지.'

자운이 내력을 움직여 경력의 침입을 막았다.

자운의 엄청난 내력이 몰리자 한순간 피가 터지며 경력이 밀고 들어오는 것을 주춤했다.

하지만 잠시뿐이다.

곧 경력은 다시 몸을 밀고 들어올 것이 분명했다.

'돌아버리겠군.'

최대한 빨리 끝내는 방법만이 살길이지만, 이공은 만만치 않았다.

끝낼 방법이 보이지 않는 것이다.

'놈을 이길 방법이 없는 건가?'

황룡무상십이강을 대비하는 것인지 몸 주변에는 항시 어느 정도의 멸공지력을 띄워두고 있었다.

그 때문에 모래먼지 속에 숨겨둔 암룡을 아직도 출수하지 못하고 있다.

자운이 암룡을 불러들였다.

제대로 된 싸움 한 번 하지 못하고 들어가는 암룡이 자운을 향해 낮게 울었다.

우우우우—

하지만 어쩔 수 없었다.

저렇게 대비를 하고 있으니 자운으로서도 무턱대고 암룡

을 이용해 공격할 수 없는 것이다.
 '검초도 크게 효과가 있는 것 같지는 않다는 말이지.'
 자운이 신검을 내려다보았다.
 자신의 무공은 대부분이 검초다.
 황룡문이 검으로서 유명한 문파이기 때문이다.
 하지만 그 검법이 이공에게는 크게 효과가 없었다.
 '검법이 아닌 다른 무언가라면 가능할까?'
 자운이 검을 내려다보다가 자신의 손을 내려다보았다.
 황룡문에는 검법만 있는 것이 아니다.
 검법을 제외하고도 많은 무공이 있었다.
 하나하나 절기라고 할 만한 것들이었지만, 그렇다고 해서 검법을 능가하는 것은 없었다.
 '아무리 생각해 보아도 황룡문에서 가장 강력한 것은 검법이야. 그런데 그 검법이 놈에게는 효과가 없다는 말이지.'
 자운이 신검을 바라보고는 다시 이공을 바라본다.
 이대로 대치 상태가 길게 이어지는 것은 좋지 않다.
 그 증거로 이공이 호흡을 회복하고 있지 않은가.
 '이쪽은 이미 호흡 회복이 끝났다.'
 자운이 그대로 날아들었다.
 망설임 따위는 없었다.
 이공은 쓰러뜨려야 할 적이고 쓰러뜨리면 그만이다.

"죽어라!"

자운의 검이 허공 높게 치솟았다가 아래로 떨어진다.

그 모습이 마치 낙뢰와 같았다.

콰과과광—

바닥이 뒤집어졌다.

이공의 흑선이 낙뢰와 같은 자운의 공격을 밀어내었다.

이공과 자운의 시선이 교차하는 순간,

쾅!

거센 기류가 둘의 중간에서 충돌했다.

자운의 몸이 뒤로 훨훨 날았다.

날아간 것은 이공 역시 마찬가지였다.

뒤로 날아가던 자운이 몸을 회전시켰다.

이공 역시 허공을 박차며 자운을 향해 달려든다.

그가 주먹을 내질렀다.

멸공지력이 공간을 무너뜨리며 거대한 흑선이 되어 무소와 같이 자운을 향해 덤벼들었다.

자운이 이를 악물고 검을 뺐었다.

황금빛 광채가 검을 휘감는 순간, 운해황룡의 보법이 펼쳐지며 자운이 사라졌다.

휘익—

이공이 눈을 뒤룩뒤룩 굴렸다.

자욱하게 일어난 먼지로 눈가림을 해 자신의 흑선을 피하고 몸을 숨겨 버린 자운을 찾는 것이다.

'어디 있는 것이냐.'

그가 기감을 넓게 퍼뜨렸다.

하지만 운해황룡을 연달아 펼치며 계속해서 이동 중인 자운의 움직임을 바로 잡아내는 것은 무리였다.

그가 뒤를 돌았다.

그러나 그도 절대의 경지를 넘어선 고수!

아무리 자운의 움직임이 신묘하다 하나 완전히 잡아내지 못할 뿐, 그 꼬리를 좇는 것은 가능했다.

쾅—

주먹을 뻗자 자운의 신검이 비스듬히 모습을 드러낸다.

"그곳에 있었구나!"

그가 손을 이리저리 휘저었다.

어디선가 불어온 바람에 시야를 자욱하게 가리고 있던 모래먼지가 사라졌다.

그곳에 자운이 검을 들고 낭패한 모습을 서 있었다.

운해황룡을 펼쳐 눈을 어지럽히고 기습할 생각이었는데 실패한 것이다.

"늙은이가 눈치 하나는 참 빠르구나."

"흐흐흐, 그까짓 얄팍한 수에 당할 줄 알았더냐. 나는 이공이다."

자운이 이공을 향해 뛰어들며 말했다.

"어쩌라고! 나는 황룡문의 태상호법이다!"

자운의 검이 단번에 셋으로 늘어났다.

환검이 펼쳐지자 화려하게 수를 늘려가는 자운의 검이 이공의 눈을 어지럽혔다.

"잔재주를!"

이공이 흑선을 뿜었다.

수십 개의 흑선과 수십 개의 환검이 충돌한다.

모두가 실체이며 허상.

연달아 검이 충돌하는 소리가 사방으로 퍼져 나갔다.

따다다다당―

따다당―

자운의 검이 흔들리며 이공을 향해 파고들었다.

이공은 혼신의 힘을 다해 멸공지력을 움직여 자운을 밀어냈다.

그그그그그궁―

무언가가 어긋나는 소리가 들리며 자운의 어깨를 멸공지력이 꿰뚫었다.

"크악!"

자운이 비명을 질렀다.

하지만 반대로 검을 움켜쥔 손에는 더욱 힘이 들어간다.
스걱—
이공의 앞섶이 잘려 나가며 피가 뿜어졌다.
"쿨럭!"
이공이 뒤로 밀려났다.
자운이 자신의 어깨를 바라봤다.
단번에 살이 검게 죽어간다.
멸공지력이 독과 같이 몸속으로 파고든 것이다.
내공을 움직여 멸공지력이 움직이는 모든 통로를 차단했다.
이번 상처는 꽤나 깊다.
그 탓에 두 시진은 버틸 것이라 생각했는데 반 시진도 버티지 못하게 되었다.
이공은 피가 주르륵 흘러나오는 가슴팍을 바라보았다.
쩌억 벌어져 속이 다 드러나 보인다.
검이 한 치만 깊게 들어왔더라면 심장이 상할 뻔했다.
이 상처를 막지 못하면 필패다.
그렇게 생각한 이공이 선천지기를 움직였다.
살아가는 데 필요한 최소한의 선천지기만을 남겨둔 채로 상처를 꾸역꾸역 메워 나간다.
자가 재생되는 이공의 상처에 자운이 고개를 흔들었다.
'검에 베여도 소용이 없어. 괴물 같은 놈. 저만한 치명상을

회복하다니.'

　다른 고수라면 이미 몇 번은 죽었을 것이다.

　하지만 과연 이공이다.

　이공은 이공대로 자운을 향해 이를 갈고 있었다.

　엄청난 공격에 선천지기가 바닥이 났다.

　이제는 두 번 다시 그런 회복력을 보이지 못할 것이다.

　'어깨를 내어주고 치명상을 입혀?'

　이공은 자신의 멸공지력의 힘을 알고 있다.

　그것을 상대하는 자운이라고 해서 멸공지력의 경력이 침투할 것을 알지 못할 리가 없다.

　그런데도 자신에게 어깨를 내어주다니.

　대단한 담력일 수밖에 없었다.

　아무리 적이지만 순수한 감탄이 흘러나왔다.

　"인정하겠다. 너는 우리 적성의 호적수다. 또한 너를 죽이지 않는다면 무림을 온전히 손에 넣은 것이라 할 수 없겠구나. 네 등 뒤에 업은 것이 바로 무림이다. 너를 부수어 나는 오늘 적성의 손에 무림이 부서졌음을 만천하에 고하겠다."

　"그런 어려운 말 몰라, 이 새끼야. 그냥 편하게 날 죽여 버리겠다고 아까처럼 말해. 나도 너 죽여 버릴 테니까."

　이공이 고개를 절레절레 흔들었다.

　저런 모습을 보이고는 있지만, 그는 하늘이 내린 적성의 호적수다.

자운이 자신의 검을 내려다본다.

'녀석을 쓰러뜨릴 만한 검초가 무엇이 있지?'

자운의 머릿속이 맹렬하게 회전하는 순간, 자운은 손에 들린 신검을 다시 한 번 바라보았다.

'내가 왜 검에 집착하고 있는 거지?'

초식이라는 것은 적재적소에 사용하면 효과적이라는 사실을 또 망각했다는 말인가.

검초가 아니라도 주먹으로, 손가락으로, 발로도 상대에게 상처 입힐 수 있는 존재가 바로 무림인이 아니던가.

'내가 왜 검에 집착을 한 거지?'

자운이 의문을 가지는 순간, 멸공지력이 자운을 향해 뿜어졌다.

"대사형!"

운산과 우천이 자운을 크게 불렀지만, 자운은 움직이지 못했다.

머릿속에 꽉 차오른 화두가 온몸을 지배한 것이다.

'나는 왜 검에 집착하고 있는가. 검이라는 형태에 국한된 것은 아닌가.'

화두가 수를 불려 나가며 머릿속을 가득 채웠다.

멸공지력이 지근거리에 다가온 순간, 자운이 황룡신검을

놓았다.

그 모습이 마치 체념을 한 모습이다.

자운이 손을 들어 올린다.

멸공지력이 자운과 일 촌의 거리도 남겨두지 않았을 때, 자운이 허공을 가볍게 움켜쥐었다.

쿠왕—

멸공지력과 함께 이공의 몸이 주르륵 밀려났다.

"크헉!"

이공이 형편없이 바닥을 구른다.

자운이 허공을 움켜쥐는가 싶더니 자신의 몸과 멸공지력이 그대로 튕겨져 나온 것이다.

"무, 무슨……."

그가 고개를 들어 자운을 확인했을 때, 자운은 입과 코에서 많은 피를 흘리고 있었다.

"어?"

자운이 코에서 줄줄 흘러나오는 피를 닦았다.

허공을 움켜쥐는 순간, 세상의 만물이 자신에게 복종하는 느낌이 들었다.

그 감각 그대로 세상 만물을 움켜쥐고 휘둘렀다.

아니, 만물이 아니라 허공을 움켜쥐고 휘둘렀다.

대기 중의 자연지기가 손에 뭉쳐와 형상을 이루고, 보이지

내가 왜 검에 집착하고 있는 거지? 67

도 않을 검을 만들어 이공과 멸공지력을 후려쳤다.
"어?"
하지만 반발력은 엄청난 것이었다.
역류한 자연지기가 온몸을 헤집는다.
후드득—
코피가 앞섶을 적신다.
자운이 닦아도 닦아도 멈추지 않는 코피에 체념했다.
그리고는 자신이 방금 전에 일으킨 일을 바라보았다.
눈앞에는 대지가 쩌억 갈라져 있다.
가벼운 움직임이 만들어낸 한 수라고는 보기 힘들었다.
이공이 힘들게 몸을 일으키는 것이 눈에 들어왔다.
"이, 이놈, 무슨 짓을 한 것이냐!"
이공의 온몸이 덜덜덜 떨리고 있다.
'아, 그런 거구나.'
자신의 한 수가 이공에게 겁을 먹게 만들었다.
자운이 코피가 흘러내리는 와중에도 웃었다.
그리고 다시 허공을 움켜쥐었다.
콰앙!

황룡난신

 이공과의 싸움 이후 자운은 그 자리에서 혼절해 버렸다.
 다행인 점은, 자운의 몸속에 남아 있는 멸공지력의 경력을 자운 스스로가 몰아내고 있다는 점이었다.
 특이한 일이다.
 자운에게 본래 선천지기는 평범한 고수들과 다를 바가 없는 것이었는데, 그 양이 한 번에 확 늘어나 버렸다.
 남우가 착잡한 눈으로 침상에 누워 있는 자운을 바라보았다.
 "너는 도대체 어떻게 되어먹은 놈이냐."

물어봐야 답할 리가 없다는 것을 잘 알고 있다.

그가 계속해서 자운을 바라보았다.

지금 이 시대에 와서 처음으로 자운을 만났을 때 느낀 감정은 호승심이었다.

전부는 아니지만 그가 가진 능력의 일부를 읽을 수 있었고, 자신과 능히 만여 초를 겨룰 만하다고 생각했기 때문이다.

하지만 자운이 허공을 움켜줼 때,

그때의 자운의 기도는 감히 읽어내지 못했다.

한순간 눈앞에서 자운이라는 존재가 아득히 멀어진 듯한 느낌이었다.

지금은 다시 기도가 느껴지지만, 자운이 완전히 그와 같은 경지에 올라선다면?

자신은 그를 읽어낼 수 있을까?

아마도 무리일 것이다.

남우가 고개를 흔들었다.

지금 이 정도도 강한데 초월을 또 한 번 초월하겠다고?

"미친놈."

절로 욕이 나왔다.

도대체 얼마나 강해져야 이 녀석은 만족할 것인가.

아니, 오히려 주변의 상황이 이 녀석을 계속해서 강하게 만들어주고 있었다.

강한 적들과의 싸움, 평생을 겨룰 만한 호적수들과의 싸움이 연이어 이어져 실력이 올라가지 않으면 안 될 환경이었다.
"괴물 같은 녀석."
이런 놈을 하늘이 내렸다.
이건 대놓고 이 녀석에게 천하를 부탁한다는 소리밖에 안 된다.
그가 어두운 밤하늘을 올려다보았다.
"하늘이여, 이 무거운 천하를 등에 짊어지게 할 새끼가 꼭 이 새끼밖에 없었소?"
왜 하필 이런 망나니 같은 녀석에게 천하를 짊어지게 한 것인지, 원.
그가 고개를 절레절레 흔드는 순간, 자운의 목소리가 들려왔다.
"뭐, 이 미친 새끼야?"
"어? 깨어 있었냐?"
"그래, 인마."
자운이 옆에 놓인 물 잔의 물을 쭈욱 마셨다.
속이 탄 듯 한 잔을 다 비워내고도 모자라 물 한 잔을 더 비워낸다.
"으, 이제야 좀 살 것 같네."
속은 온통 진탕이 되어 있었다.

다행히 멸공지력의 경력은 어찌어찌 밖으로 밀어낸 모양이다.

"어디서부터 듣고 있었냐?"

"네가 미친놈이라고 나 욕할 때부터."

그 말에 남우가 자운의 침상 옆에 털썩 주저앉았다.

"처음부터 다 듣고 있으면서도 안 일어난 거냐?"

"뭐라고 욕할지 궁금했으니까."

그 말에 남우가 크게 웃었다.

확실히 망나니 같긴 한데 재미있는 녀석이다.

또한 할 때는 확실하게 하니 하늘도 도박 삼아 이런 놈에게 맡긴 것이 아닐까 하는 생각이 문득 들었다.

'그거라면 하늘이 너무 큰 도박을 한 것이로군.'

남우가 혼자서 생각을 정리하며 자운을 향해 물었다.

"어떻게 한 거냐?"

"뭘?"

"네가 마지막에 한 것 말이야."

그 말에 자운이 허공을 움켜쥐었다.

주변 어디선가 폭음이 들릴 것만 같았지만 전혀 들리지 않는다.

"이거 말이야?"

남우가 고개를 끄덕인다.

도대체 저것이 무엇이기에 이공 정도 되는 고수가 반항 한 번 해보지 못하고 그 자리에서 숨이 끊어진다는 말인가.

남우가 고개를 끄떡이자 자운이 자신의 손을 물끄러미 내려다보았다.

"후우."

모르겠다.

스스로 했지만 어떻게 했는지 사실 잘 기억이 나지 않는다.

한순간 머리를 가득 채웠던 화두, 그 화두는 종이를 물들이는 먹과 같이 온몸을 촉촉이 적셔 나갔다.

그 물들임이 발끝과 손끝에 닿는 순간, 검이 더 이상 필요하지 않다는 생각이 들었다.

'병기에 더 이상 구애 받지 않는 경지?'

그런 게 아니다.

그런 건 이미 예전에 아득하게 뛰어넘은 지 오래다.

그렇다면 무엇이라는 말인가.

무엇으로 그것을 설명해야 할까.

자운은 자신이 좀 전에 했던 그대로 이번에도 허공을 움켜쥐었다.

역시나 폭음이 터지거나 이공을 쓰러뜨릴 때 일어났던 일은 일어나지 않았다.

그는 고개를 흔들고는 남우를 향해 답했다.

"나도 잘 모르겠다."

"뭐, 인마? 네가 해놓고 네가 잘 모르겠다고 하면 그게 뭐야?"

남우의 말에 자운이 어깨를 으쓱해 보였다.

"아니, 실제로 잘 모르겠는 걸 잘 모르겠다고 하는데 뭐가 문제야, 이 자식아."

그 말에 맥이 탁 풀린 남우가 고개를 끄덕였다.

"그렇지. 모르겠으니 모르겠다고 하겠지. 근데 너, 그거 아냐? 네가 그걸 하는 순간 너 아득히 괴물이 되어버렸다는 거."

그 말에 자운이 웃었다.

"질투 나냐?"

"너 같으면 안 나겠냐?"

남우가 초월의 경지에 올랐다고는 하나 그것이 무의 극이 아님을 알고 있다.

그러니 자운이 오른 경지가 욕심이 나고 탐이 난다.

당연히 질투가 날 수밖에 없었다.

"사실 나도 두 번 다시는 못하겠다. 어떻게 했는지 기억도 안 나."

자운이 웃으며 한쪽에 놓여 있는 황룡신검을 집어 들었다.

"여지없이 너랑은 좀 같이 있어야겠다. 이제 운산에게 넘겨주나 했더니 아직 더 필요하겠네."

자운의 말에 황룡신검이 반응이라도 하듯 잘게 떨었다.

우우우우우우웅—

* * *

그 무렵, 자운과 이공의 전투 소식이 무림맹은 물론이고 일성에게도 전해졌다.

일성이 소식을 듣고는 크게 웃음을 터뜨렸다.

"하하하하하하하! 그렇군요. 과연 그렇군요. 그가 삼공에 이어서 이공도 이겼다지요?"

일성의 말에 일공이 고개를 숙였다. 상위 마공의 압도적인 힘 때문인지 일공은 일성 앞에 오면 큰 힘을 쓰지 못한다.

"그렇습니다."

"그는 나의 운명의 호적수인가 봅니다. 칠적을 차례로 쓰러뜨렸을 때까지만 해도 그를 내 아래라고 생각했습니다. 하지만 이제는 아니군요."

우우우우우우—

일성이 배출하는 기파에 넓은 대전이 무너질 듯 흔들거렸다.

적성지존공의 위력이 여실히 드러난다.

붉은 기운이 일성 위로 끈적끈적하게 달라붙었다.

이것이 바로 적성지존공에서 뿜어져 나오는 멸성기.

적성은 탐욕스러운 별이다.

요사스러운 붉은 별이 빛을 뿌리기 시작하면 감히 다른 별들은 그 근처에 다가가지 못한다.

호기롭게 다가가는 별이 있다면 적성의 기운에 의해서 산산이 파괴된다.

적성지존공의 기운 역시 그런 적성의 기운에서 파생된 이름이다.

별을 멸하는 기운.

멸성기가 진득하게 흘러나왔다.

일성은 모골이 송연해지는 것을 느낄 수 있었다.

"그는 내가 상대해야 할 모양입니다."

그가 천하도를 바라보았다.

이공이 죽었으니 곧 무림의 절반이 무림맹의 휘하에 들어가게 될 것이 분명했다.

천하의 동쪽은 적성의 휘하에 있고, 서쪽은 무림맹의 아래에 있다.

그가 한참을 천하도를 유심히 살폈다.

"흐음, 어디가 좋을까."

그가 한참을 살피더니 호북의 무당을 손가락으로 짚었다.

무림맹의 영역이라 할 수 있는 중경 땅에서 호북으로 넘어오면 가장 처음으로 만나는 산, 무당산.

또한 무당은 위치상으로 천하의 중심에 가깝다 할 수 있었다.

"이곳에서 놈과 결판을 지어야 할 것입니다. 거대한 대회를 열어야겠군요."

그가 무당산을 손가락으로 꾹 누르며 말했다.

붉은 기운이 천하도를 타고 넘실넘실 뿜어져 나간다.

"그곳에 넓은 대회장을 준비하세요. 그와 내가 겨룰 것입니다. 그리고 그 싸움의 승패에 따라 천하의 운명이 결정되겠지요."

화악―

곧 그의 손가락에서 뿜어진 기운은 천하도를 모두 덮어버린다.

일성의 말에 일공이 고개를 숙였다.

"명대로 하겠습니다."

고개를 숙인 일공이 씨익 웃고 있다.

'이이제이(以夷制夷)라……. 천하는 누구도 아닌 나의 손으로 들어올 것이다.'

* * *

자운 일행과 무림맹이 만난 것은 이공과의 전투가 끝나고 보름 정도가 지난 후였다.

무림맹이 적성이 가지고 있던 모든 땅을 공격하여 빼앗을 것이다.

물론 그것은 전적으로 자운이 이공을 쓰러뜨려 주었기 때문에 가능한 일이다.

남궁인이 자운을 향해 다가왔다.

"무상이 수고가 많았다 들었습니다."

자운이 고개를 끄덕였다.

"얼마나 수고했는지 아직도 속이 쓰립니다."

내상이 아직 치유되지 않았음을 의미하는 말.

이공과의 싸움에서 얻은 내상도 남아 있었지만, 마지막에 무리한 공격을 펼치며 얻은 내상이 대부분이었다.

내상을 치료하기 위해서는 한참의 시간이 필요할 것이다.

남궁인이 자운의 말을 알아들었다.

"속에 좋은 약재를 준비하도록 하겠습니다."

"그래 주시면 감사하겠군요."

남궁인이 말을 하며 자운을 살폈다.

그리고는 속으로 탄식을 토했다.

'허어!'

내상을 입었음에도 불구하고 자신에게는 전혀 읽히지 않는다.

눈앞의 사내는 인간의 잣대로는 감히 평가할 수 없는 그런 사내다.

"한데 옆의 분은 독곡의……?"

자운이 고개를 끄덕였다.

"이쪽이 독곡의 수장입니다."

남우가 자운의 옆으로 와서 남궁인을 향해 말했다.

"남우다."

그 말에 남궁인의 옆에 서 있던 다른 고수들이 발끈했다.

"이자가!"

남궁인은 무림의 맹주다.

그런 그를 향해 하대로 자기소개를 하는 세외 문파의 대표가 마음에 들지 않은 것이다.

그들의 행동에 남우가 눈썹을 꿈틀했다.

동시에 꾸구궁 하는 소리와 함께 무시무시한 기운이 사방으로 뿜어졌다.

"헉!"

남우를 노려보던 고수들이 대번에 헛바람을 들이쉬었다.

이자, 괴물이다.

남궁인 역시 남우를 바라보았다.

'허허, 괴물 옆에는 괴물만이 꼬이는 것인가.'

어찌 이리도 사람의 경지를 아득히 넘어선 존재들만이 있을 수 있단 말인가?

자운이 손을 살짝 휘둘렀다.

자운의 손에서 기운이 일어 남우의 기운을 밀어낸다.

"적당히 하자고. 애들 앞에서 추태 부리지 말고."

그 말에 남우가 헛기침을 하며 기운을 거두어들였다.

"크흠. 네가 그렇게 말한다면 그렇게 하지."

독곡을 지원군으로 끌어들인 것은 전적으로 자운의 힘이었다.

남궁인이 자운을 향해 가볍게 고개를 끄덕여 보였다.

"무상께서는 정말로 무림의 구성이군요."

자운이 겸손하지 않게 말을 받아쳤다.

"하하하하! 제가 좀 잘나기는 했습니다."

남궁인과 만난 이후 자운과 마주한 이들은 바로 설혜와 취록이었다.

자운이 취록을 향해 다가가 머리를 마구 헝클어뜨렸다.

"너, 안 본 사이에 꽤나 초췌해진 것 같다?"

자운이 나가 있는 동안 무상부의 대소사를 모두 취록이 관리했다.

그러니 그녀가 초췌해지지 않을 리가 없었다.

"언니가 많이 도와주셔서 괜찮았어요. 그런데 다친 곳은……?"

자운이 가슴을 두드렸다.

"속이 좀 쓰릴 뿐이야. 그보다, 언니?"

자운이 고개를 스윽 돌려 옆에 서 있는 설혜를 바라보았다.

"설마 이 얼음이랑 의자매라도 맺은… 으아아아아아악!"

설혜가 자운의 옆구리를 꼬집었다.

자운이 죽는다고 비명을 질렀다.

"야, 아파 죽겠다! 나, 환자야!"

항변해 보았지만 돌아오는 것은 콧방귀뿐이었다.

"흥!"

설혜가 가볍게 콧방귀를 뀌더니 남우를 보고 한마디 했다.

"독쟁이, 아직 살아 있었네?"

"이 얼음 같은 년아, 너도 죽지 않고 잘 살아 있었구나."

남우와 설혜가 서로를 보며 으르렁거렸다.

둘은 과거부터 친한 듯하면서도 크게 친하지 않았다.

아마도 세외 문파의 대표라는 자긍심이 서로를 충동시키는 듯했다.

물론 그 사이에 있는 것이 자운이었으니 둘을 자연스럽게 융화시킨 것이다.

"여기까지 와서 힘자랑할 거라면 나부터 꺾어야… 캐액!"

자운의 복부에 설혜와 남우의 주먹이 동시에 꽂혀들었다.

"빠져 있어."

"환자는 빠져 있어라."

그리고는 서로 노려본다. 자운이 주르륵 밀려나며 복부를 싸잡았다.

"아이고, 죽겠네. 그래, 한번 해보자는 거지?"

우르르룽—

자운의 몸에서 벼락 치는 소리가 나고, 거대한 기운이 풀려나왔다.

곧 열한 마리의 용이 머리를 치켜든다.

설혜와 남우가 자운을 바라보았다.

푸른 독정기가 공간을 잠식하며 남우로부터 뻗어져 나온다.

설혜의 주변으로 눈보라가 몰아쳤다.

자운이 그 모습을 보고 입을 씰룩였다.

"그래, 이놈들아! 오늘 어디 한번 최강을 가려보자!"

쾅!

퍼버버벙—

열한 마리의 황룡이 날았다.

"으아아악! 도망쳐라!"

"휩쓸리면 죽는다!"

"살려줘! 이런 괴물들이 왜 셋이나 있는 거냐!"

그 모습을 멀리서 바라보던 남궁인이 혀를 찼다.

"허허, 과연 난신이로다. 용제는 절대로 어울리지 않는군."

난신에 의해서 또 사방이 파괴되고 있었다.

괴걸왕이 옆에서 한마디 거들었다.

"미친놈이라니까 그러… 캐액!"

자운에게서 뿜어진 경력이 괴걸왕의 뒤통수를 강하게 후려쳤다.

괴걸왕이 그 자리에서 그대로 뻗어버렸다.

남궁인이 그런 괴걸왕의 모습을 보고는 안타깝다는 듯 중얼거렸다.

"그러게 이 사람아, 말은 가려서 해야 하는 걸세."

그러는 동안에도 세 괴물은 날뛰고 있었다.

"이것들이 아주 환자를 막 패는구나."

자운이 푸르게 물든 눈두덩을 비비며 말했다.

그 말에 피가 줄줄 흘러나오는 코를 남우가 닦아내며 말했다.

"환자가 그렇게 괴물같이 뛰어다니냐? 너, 아프다는 거 전부 거짓말이지? 아프기는 개뿔이. 내상을 입은 놈이 그 정도야?"

그는 자운의 패룡에 코가 부러지는 경험을 했다.

그 탓에 피가 줄줄 흘러나오고 있는 것이다.

"독쟁이!"

설혜가 남우를 노려보며 말했다.

그녀는 손가락 끝이 검게 물들어 있었다.

몸속으로 침투한 독정기를 몰아놓은 것이다.

곧 그녀의 손가락 끝에서 또옥 하고 검은 물이 떨어져 내린다.

남우의 독정기였다.

"어이쿠! 내 아까운 기운!"

남우가 날름 떨어지는 기운을 받아먹었다.

자운이 내공을 이용해 멍을 빼내며 그 모습을 보고 순수한 소감을 말했다.

"너희 둘, 변태 같… 캐액!"

설혜의 발차기가 자운의 복부를 향해서 파고들었다.

자운이 복부를 잡고 다시 데굴데굴 굴렀다.

"어이구, 죽겠다."

자운이 몸을 일으키며 주변을 살폈다.

그들 셋 주위로는 그 누구도 다가오려고 하지 않는다.

셋의 장난에 말려들었다간 그 순간 죽을 것이다.

그야말로 고래 싸움에 새우 등이 터지는 꼴은 나기 싫었다.
"아, 죽겠다."
자운이 그 자리에 드러누웠다.
운산과 설혜 역시 자운 옆에 풀썩 주저앉는다.
과거 적성에 맞서던 동지 셋이 이백 년의 시간을 넘어 지금 이 자리에서 만났다.
"어휴, 피곤해라."
바람이 시원하게 스쳐 지나갔다.

第四章 내려가서 밥이나 먹자고

황룡난신

바름을 쐬며 누워 있는 자운을 향해서 남궁인과 제갈운이 다가왔다.
"맹주와 문상이 아닙니까? 여기는 무슨 일로……?"
자운이 그들을 향해 고개를 갸웃하며 말했다. 자리에서 일어나지도 않았다.
"무림맹에 관련된 일입니까?"
그 말에 제갈운이 고개를 끄덕인다.
"그렇습니다."
자운이 남우와 설혜에게 눈치를 보냈다.

그들은 무림맹을 원조하러 오기는 했지만 정식으로 무림맹 소속은 아니다.

그러니 자리를 피해주기를 부탁한 것이다.

자운의 눈치에 설혜와 남우가 자리에서 주섬주섬 일어났다.

"함께 들어도 상관없습니다."

제갈운의 말에 자운이 자리에 누워서 다시 그들을 향해 말했다.

"야, 여기 앉아 있어도 된대."

둘은 동시에 자운을 노려보다가 제갈운을 노려보았다.

"똥개 훈련시키나?"

"빨리 말해. 좋잖아."

졸지에 제갈운만이 초월한 자들의 눈치를 정면으로 받게 된 것이다.

'내가 뭘 잘못했다고……'

억울해하는 제갈운을 뒤로하고 자운이 먼저 입을 열었다.

"무슨 일인데 그럽니까?"

"근래에 사파연합에 대해서 들어보신 적이 있습니까?"

자운이 고개를 갸웃했다.

그는 계속해서 지역을 옮겨 다녔다.

그러니 소문이 정착되기도 전에 자운이 떠나 버렸고, 요즘

결성되고 있는 사파연합에 대해서는 전혀 들은 바가 없었다.
"모르겠군요. 그건 또 뭡니까? 적성에 힘을 보태주는 단체입니까?"
자운의 말에 제갈운이 고개를 절레절레 흔들었다.
"아니오. 오히려 그 반대입니다."
반대라면 적성에 반하는 단체.
자운이 씨익 웃었다.
"꼴에 무림을 양분하는 축 중 하나였다고 완전히 죽지는 않은 모양이군."
자운의 말에 제갈운과 남궁인이 고개를 끄덕였다.
"본래 적성에 협조하지 않고 봉문을 했던 문파들이 있었습니다. 그들이 연합을 시작한 것이지요. 그들을 이끄는 이의 무위가 상당하다고 하더군요."
그 말에 남우가 중얼거렸다.
"그래 봐야 애들 장난이지."
남우의 말에 남궁인이 웃는다.
"세 분에 비교하면 애들 장난이지만, 사파연합의 사람 수가 적지 않습니다."
"그래서 걔들이 뭘 어쨌다는 말인데?"
자운이 어긋난 이야기를 본론으로 끌어왔다.
남궁인이 자운을 향해서 말했다.

"그들이 지금 이곳으로 오고 있다 합니다."

자운과 무림맹이 있는 이곳은 여산이다.

멀지 않은 곳에 섬서의 수도인 서안이 있고 조금 더 떨어진 곳에 화산파가 있었다.

자운이 반문했다.

"이곳으로?"

남궁인이 고개를 끄덕인다.

"그들이 무림맹에 가입 의사를 밝혔습니다."

"정사연맹이라는 말이지."

자운이 말했다.

"해서 나쁠 건 없잖아?"

"그렇지요. 사실 문제는 이것이 아니라 다음 소식입니다."

자운이 문제라는 말에 누웠던 자리에서 벌떡 일어났다.

"문제? 또 적성이 뭔가 하나 터뜨린 거야?"

그 말에 제갈운이 고개를 절레절레 흔들었다.

아직 적성이 일을 일으키지는 않았다.

"당장에 이렇다 할 움직임은 보이지 않습니다. 하지만 무당산에 무언가를 건축하고 있다고 하더군요."

"무당에?"

남궁인이 고개를 끄덕였다.

태산북두라 하여 소림과 무당은 무림의 자존심이라 할 수 있다.
 그런 무당에 무언가를 한다니, 괜히 기분이 찜찜해졌다.
 "뭘 하는 건지는 잡힌 게 없습니까?"
 "무언가 건물을 축조 중이라는 사실 말고는 알려진 것이 없군요."
 무슨 잔재주를 부리고 있는 것이냐, 일성.
 자운이 눈을 날카롭게 떴다.
 "일단은 합류하러 온다는 자들부터 만나보는 것이 순서이겠군요."

 당평청이 이끌고 내려오는 사파연합의 수는 그야말로 엄청났다.
 그 수가 무려 오천을 헤아릴 정도였다.
 생각보다 적성에 협조를 하지 않고 있는 문파는 많았다.
 대부분 그 크기가 거대했던 문파일수록 협조하지 않고 있었기 때문에 질적으로도 전혀 떨어지지 않았다.
 무림맹의 총 인원수가 약 칠천 정도이니 사파연합이라고 해서 무림맹에 전혀 부족함이 없는 것이다.
 "주군, 이 능선만 넘으면 곧 무림맹이 있는 곳에 당도하겠습니다."
 사일귀의 말에 당평청이 고개를 끄덕였다.

"그렇군요. 이 산만 넘으면 난신을 볼 수 있다 이 말이지요?"

그는 무림에 나오고 난 이후로 난신에 대한 무용담을 귀에 딱지가 앉도록 들었다.

그 무용담의 내용이 절반만 진실일지라도 난신은 정사를 뛰어넘어 존경하기에 충분한 무인이었다.

또한 목표로 하기에도 충분한 무인이었다.

당평청의 마음속에 자운이라는 존재는 어찌 보면 앞으로 나아가야 할 목표이자 길잡이, 다른 말로 표현한다면 스승과도 같은 존재가 되어 있었던 것이다.

능선 너머를 바라보는 당평청의 눈이 복잡해졌다.

그런 자를 지금 만나러 가고 있는 것이다. 주목적이 정사연합군의 결성이라고는 하지만, 그것을 초월하여 목표로 하는 사람을 만난다는 것은 신선한 감각이었다.

그가 주먹을 쥐락펴락 반복했다.

손바닥이 축축하게 젖어 들어가는 것이 느껴진다.

사일귀가 그런 당평청을 향해 물었다.

"호승심이 솟구치십니까?"

그 말에 당평청이 고개를 끄덕인다.

"나도 무인입니다. 그런 무인을 생각하고 호승심이 솟구치지 않는다면 그것은 사람이 아니겠지요."

그 말에 사일귀 역시 고개를 끄덕였다.

사일귀 또한 벽력도마라 불리는 무인이다.

그 역시 자운의 무위에 호승심이 동하고 궁금증이 동하는데, 그의 주인이야 더 말할 것이 무엇 있으랴.

충분히 그 마음을 이해할 수 있었다.

사일귀 역시 당평청이 바라보는 능선 너머를 바라보며 고개를 끄덕였다.

"오래지 않아 만날 수 있을 겁니다."

당평청이 고개를 끄덕인다.

능선 하나, 정사연합군이 결성되기 직전의 거리였고, 또한 자운과 당평청 사이에 놓여 있는 실질적인 거리였다.

멀지 않은 거리, 당평청이 능선을 넘기 위해 걸음을 옮겼다.

자운이 멀리서 몰려오는 사파연합의 사람들을 바라보았다.

저들 중 선봉에 있는 이가 사령진마라는 당평청일 것이고, 그를 호위하듯 서 있는 이들이 사파연합에 소속된 문파의 수장일 것이다.

본래 무림맹의 대표로는 남궁인이 서야 하는 것이 맞으나 그는 손사래를 치며 그 자리를 거부했다.

그 자리는 자운이 서 있어야 하는 자리라는 것을 잘 알고 있었던 것이다.

당평청의 눈에 황룡이 그려진 금포를 걸친 이가 눈에 들어온다.

'저 사람이 바로 난신.'

그의 속을 읽어보려 했으나 아무것도 보이지 않는다.

안개에 싸인 새벽 호숫가마냥 제대로 보이지 않았다.

또한 오히려 새벽 호수의 이슬에 바짓단이 젖어오는 것처럼 자운의 기세가 역으로 자신을 읽어 들어오는 것이 아닌가.

자운이 멀리서 손을 흔들었다.

"빨리 오라고! 기다리다가 배고파 죽는 줄 알았으니까!"

경박스럽다. 하지만 여유로웠다.

이 여유로움은 스스로의 실력에서 나오는 것인가, 그렇지 않으면 단순한 경박스러움에서 나오는 것인가.

그런 당평청의 생각을 아는 것인지 모르는 것인지 자운이 히죽히죽 웃으며 당평청을 향해 걸어갔다.

자운이 다가오자 당평청 역시 앞으로 천천히 걸어나온다.

"무림의 후배가 난신을 뵙습니다."

젊어 보이는 외모.

하지만 그는 알고 있었다. 자운이 외모에 비해 훨씬 더 나이를 먹은 노고수라는 것을 말이다. 물론 그 나이가 이백 살도 넘었다는 사실은 알지 못했다.

그 사실을 알았다면 당평청은 그 자리에서 까무러쳤을 것이다.

"멀리서 오느라고 고생했어. 데리고 온 애들 보니까 꽤나 쓸 만한 것 같네."

자운의 말에 발끈한 것은 당평청을 호위하고 있던 문파의 수장들이었다.

"난신께서 아무리 정파무림의 구성이라고는 하나 주군 역시 사도무림의 구성입니다. 하니 부디 존대……."

짜악—

자운이 박수를 치자 손바닥에서 엄청난 기운이 몰아쳤다.

콰아아아아아아—

광풍이 불어오며 자운을 향해 짖어대는 문주들을 모조리 밀어낸다.

그 광풍에서 멀쩡할 수 있는 이는 오로지 둘, 사일귀와 당평청뿐이다.

"어른들 말씀하시는데 애들이 끼어드는 거 아냐. 그리고 말이야, 너, 아까부터 나랑 한판하고 싶어하는데 아니야?"

자운이 목과 어깨를 우두둑 하고 풀었다.

자운의 말에 당평청이 웃어 보인다.

"맞습니다."

"그러면 말이지, 정사연합과 같은 딱딱한 문제는 접어두고 우리는 다른 데 가서 푸닥거리 한번 하자고. 나도 내상을 좀 입어서 관절에 기름도 칠할 겸 한번 움직여 줘야 하니까."

자운의 말에 당평청이 자운의 눈을 한참이나 바라보았다.

이 남자, 도대체 어디까지가 진심인지 알아보려는 것이다.

웃고 있는 입꼬리와 달리 자운의 눈은 진지했다.

정말로 그리 생각하고 있는 것이다.

그런 당평청의 생각을 읽었는지 자운이 한마디 추가했다.

"눈치 볼 필요 없어. 난 머리 아픈 거 별로 안 좋아하거든. 근데 반대로 머리 쓰는 걸 잘하는 양반들이 있다는 말이지. 그런 건 그런 양반들한테 맡기는 게 좋아."

자운의 말에 당평청이 사일귀를 바라본다.

잘할 수 있겠냐고 묻는 듯한 눈빛에 사일귀가 고개를 끄덕였다.

그가 고개를 끄덕이자 안심한 당평청이 입을 연다.

"좋습니다."

자운이 바닥을 박차고 허공으로 날아올랐다.

"좋아, 그럼 따라오라고."

당평청이 빠르게 경공을 전개해 자운의 뒤를 쫓았다.

풍광이 눈 뒤로 휙휙 넘어간다.

여산의 크고 작은 봉우리 중 하나.

자운이 사뿐히 그 위로 내려선다.

뒤이어 당평청이 내려섰다.

당평청의 눈에 기이한 열기가 어리며 자운을 바라본다.

자운이 두 손을 흔들었다.

"너무 뜨거운 눈으로 바라보지 마라. 난 남자 시선에 흥미 없으니까 말이야."

자운의 말에 당평청은 전혀 다른 대답을 내놓았다.

"무림에 나온 이후로 당신은 주욱 저의 우상이자 목표였습니다."

자운이 뒷머리를 벅벅 긁으며 능청을 부렸다.

"확실히 내가 좀 대단하기는 하지."

"그래서 지금 당신과 저의 거리를 비교해 보려고 합니다."

"생각보다 차이가 클 수도 있어. 그래도 납득하겠다면 얼마든지 덤벼."

스르릉—

자운이 황룡신검을 뽑았다.

당평청 역시 자운을 마주 본 상태에서 박도를 뽑아 든다.

처음부터 전력을 다할 생각인지 사령마기가 끌어올려진다.

츠츠츠츠츠츠츳—

박도의 주위로 묵광이 씌워진다.

자운의 검 역시 황금빛으로 물들었다.

"난신께서는 전력을 다하실 때 열한 마리에 이르는 황룡을 부린다고 들었습니다. 저는 전력을 다할 가치가 없습니까?"

자운이 고개를 절레절레 흔들었다.

"아니. 근자에 작은 깨달음이 있었거든. 황룡은 항상 꺼내두는 것보다 가끔 꺼내는 게 이득이다, 뭐 대충 이런 깨달음이었어. 그러니까 실망하지 말고 덤벼."

그 순간, 스팟 하는 소리와 함께 당평청의 신형이 사라졌다.

단번에 십여 장의 거리를 격해 자운의 앞에 나타나는 당평청. 그가 묵광이 줄줄 흘러나오는 검을 아래로 내리긋는다.

자운이 신검을 들었다.

창—

너무도 간단하게 당평청의 공격이 막혀 버린다.

'절대의 경지 초입 정도인가?'

칠적과 비슷한 실력이거나 그보다 조금 아래다.

젊은 나이에 절대의 경지에 들었다는 것은 대단하나 지금의 자운에게는 별 감흥을 주지 않는 경지이기도 했다.

반면에 자신의 검이 너무도 수월하게 가로막히자 당황한 쪽은 바로 당평청이었다.

'과연 난신.'

그가 침을 꿀꺽 삼키며 발끝으로 방향을 틀었다.

폭풍처럼 휘몰아치는 도초가 자운을 집어삼킨다.

자운이 좌수를 들어 손가락 끝을 세웠다.

검결지를 쥐며 단번에 그어 내리자 용린벽이 생겨 묵광의 폭풍을 막아낸다.

이공이 부리는 흑선은 이보다 훨씬 빨랐으며 다채로웠다.

어쩌면 국한되지 않은 병기라 그러했을지도 모른다.

'국한되지 않은 병기라…….'

묵광의 폭풍이 너무도 쉽게 자운에게 가로막혀 버렸다.

"크ㅇㅇㅇㅇㅇ."

당평청은 되레 손바닥이 저릿할 정도의 반탄력을 느끼며 뒤로 주르륵 밀려났다.

평범한 공격으로는 자운을 상하게 할 수 없었다.

더 빠르고, 더 강하게 공격해야 한다.

사실 지금 그가 느끼고 있는 감정은 스승에게 자신의 성취를 보이는 것과 같다.

당평청은 사령혈마가 남긴 유지를 이었지만 스승이라는 존재가 없었다.

그런 그에게 목표가 되어주었던 자운은 스승과 같은 존재이다.

그에게 자신의 성취를 보인다는 느낌으로 당평청이 마음껏 검을 휘둘렀다.

그는 사파의 지존이다.

하지만 지금 이곳에서는 다른 이들의 눈을 의식할 필요가 없었다.

조금씩 예리해지고 강맹해지는 공격에 자운이 양손을 움직였다.

파바바밧—

뇌전이 튀는 것처럼 자운의 검에서 경력이 뿜어져 당평청을 주르륵 밀어내었다.

"크윽."

손아귀가 터질 것처럼 저릿하다.

가볍게 휘두른 검인데도 불구하고 막아내기가 쉽지 않다.

그런 당평청의 귓가로 자운의 말이 들려왔다.

"힘이 능사는 아니라는 사실. 기본적인 거 까먹지 말자고. 그 정도는 이미 알고 있잖아."

가벼운 말이었지만 힘을 흘려내지 못하는 그를 탓하고 있다.

자운의 말에 당평청이 정신이 번쩍 든 듯 고개를 치켜든다.

힘을 흘려낸다.

그가 박도를 사선으로 세웠다.

그리고는 다시 한 번 자운을 향해서 달려든다.

보법을 이용해 단번에 자운을 향해 날아드는 당평청의 움직임에 자운이 검을 내리그었다.

직도황룡의 수법.

일곱 방위를 점하고 신검이 변화를 일으켰다.

우우우웅—

신검이 잘게 떠는 순간, 일곱 개의 변화가 강기로 화하며 당평청을 노린다.

당평청이 달려드는 도중에 다급하게 경호성을 터뜨리며 뒤로 물러났다.

그러면서도 자운이 했던 말을 잊지 않았다.

'힘을 흘려낸다.'

그가 천천히 자운의 공격 중 하나를 피하고 하나를 흘려내었다.

남은 공격은 다섯.

허리를 뒤트는 것으로 두 개의 공격을 피해낸다.

단 셋의 공격만이 남았다.

그가 묵광을 더욱 강하게 피워 올렸다.

이번에는 흘려내기가 어려운 각도다. 정면으로 맞부딪쳐야 한다.

뒤로 밀려나 신형이 흔들리는 것을 방지하기 위해 손아귀에 더욱 힘을 꽉 주었다.

묵광과 금광이 충돌하고, 빛이 번쩍하며 그가 허공으로 튀어 올랐다.

그의 다리 아래로 황금빛 서기가 지나간다.

남은 공격은 단 하나.

그의 몸이 빙글 회전을 하며 자운의 공격을 흘려내었다.

공격을 흘려내고 고개를 치켜드는 순간, 자신의 눈앞에 있어야 할 자운의 모습이 보이지 않는다.

그가 다급하게 고개를 돌려 움직이며 자운을 찾았다.

"여기야."

자운의 목소리가 들려온 곳은 바로 그의 머리 위.

고개를 치켜들자 자운의 모습은 보이지 않고 낙뢰가 떨어지듯 빠르게 내리찍는 황룡의 모습이 들어온다.

황룡검탄!

그가 힘을 주어 검으로 황룡검탄을 막았다.

어느 정도의 힘을 흘려내고 막을 수 있을 정도의 힘만을 막아낸다.

그런 생각으로 움직였음에도 불구하고 바닥이 푹푹 파여 들었다.

발이 바닥을 파고들고, 그의 몸은 뒤로 점점 밀려났다.

과연 눈앞에 있는 사내는 목표로 삼을 만한 가치가 있는 사람이었다.

'당신과 같은 시대에 태어난 것을 행운이라 생각합니다.'

이를 악물고 황룡검탄의 검력을 버텨내며 그가 생각했다.

동시에 자운이 어깨를 이용해 그를 들이박았다.

쾅 하는 소리와 함께 그가 저 먼 곳으로 튕겨져 나간다.

"크윽."

바닥을 형편없이 구른 당평청이 자운의 어깨와 충돌한 가슴팍을 쓸어내렸다.

숨이 막히고 가슴이 저릿저릿 쑤셔온다.

다행히 뼈가 부러지지는 않았지만, 운신이 당분간 힘들 듯했다.

"계속할 건가?"

자운이 검을 들어 그를 겨누며 말했다.

변변찮은 상처는 물론이고 그가 부린다는 황룡을 한 마리도 보지 못했다.

지금 자운과 당평청의 격차가 그 정도인 것이다.

자신과 자운의 격차를 뼈저리게 느낀 당평청이 고개를 절레절레 흔들었다.

비장의 한 수인 묵검지옥도가 남아 있다지만, 묵검지옥도는 말 그대로 숨겨둔 한 수다.

무인은 죽을 위기가 오지 않는 한 실력의 삼 할은 숨긴다고 하지 않던가.

묵검지옥도는 비장의 한 수로 숨겨두어야 할 것이 분명했다.

"제가 졌습니다."

그의 말에 자운이 고개를 끄덕이며 신검을 검갑 속으로 갈무리했다.

"내려가서 밥이나 먹자고."

속을 추스르는 당평청을 뒤로하고 자운이 휘적휘적 걸음을 옮겼다.

황룡난신

 정사연합군이 결성된 이후로도 적성 측에서는 딱히 문제를 일으키지 않았다.
 마치 거센 폭풍이 오기 직전, 폭풍전야를 보는 양 고요하기 그지없었다.
 그 흔하게 있던, 하루에 몇 번씩이나 일어나던 크고 작은 충돌도 일어나지 않았다.
 어떻게 된 것인지 적성이 전혀 움직이지를 않는 것이다.
 무당산에서 무언가를 하고 있는 것은 분명한데, 그것을 알지를 못하니 함부로 움직이지를 못한다.

지금 무당산은 그야말로 용담호혈이라 할 수 있었다.

적성의 모든 고위급 인사가 그곳으로 집중되고 있었다.

그에 관해서 무림맹의 의견은 분분했다.

지금 당장 무당산으로 가서 그들이 무슨 일을 하고 있든 완성되기 전에 막아야 한다는 의견이 그 첫 번째였으며, 두 번째는 어느 하나 확실한 정보도 없는 상황에서 함부로 그들을 자극해서는 안 된다는 의견이었다.

두 개의 의견이 양립해 무림맹과 사파연합은 계속해서 시끄러웠다.

적성의 초대장이 전해진 것은 일단 죽이 되든 밥이 되든 무당산으로 가보자고 결정이 났을 무렵이었다.

"허허, 그들도 참으로 웃기는 일을 하는군."

남궁인이 적성에서 보내온 초대장을 바라보며 허허로운 웃음을 흘렸다.

이야기가 이런 식으로 흘러갈 것이라고는 상상도 하지 못하고 있던 터다.

무림맹과 사파연합의 앞으로 전해진 작은 서신, 그것은 적성이 개최하는 무림대회로 그들을 초대하는 초대장이었다.

"함정이 분명합니다."

머리 굴리기 좋아하는 제갈세가의 인물답게 제갈운은 적성의 노림수를 파악하려 애썼다.

하지만 아무리 생각해 보아도 결론은 변하지 않았다.

이것은 놈들이 파놓은 함정이다.

무림대회는 속임수이고, 그들은 분명 그것을 미끼 삼아서 다른 것을 노리고 있을 것이다.

그렇게 생각하는 것이 사실 가장 정석에 가까웠다.

"그럴 수도 있겠지."

남궁인이 제갈운의 말에 동의하며 고개를 끄덕였다.

함정일 가능성이 농후했지만, 이건 정말로 웃기는 일이 아닌가.

"한데 만약 이 초대장의 내용이 진실이라면 저들은 천하무림을 땅따먹기 정도로 생각하고 있는 것이 틀림없군."

초대장의 내용은 간단했다.

무림대회라고는 하나 겨루는 이는 자운과 일성 말고는 없었다.

말 그대로 양측 진영을 대표하는 이 두 사람이 나서서 자웅을 가리는 것이다.

그리고 그 승자가 천하를 가진다.

간단한 규칙이긴 했지만, 이 처사는 무림 전체를 농락하는 처사라 할 수 있었다.

이렇게 간단히 결판이 날 것이라면 지금까지 적성과 싸워 오며 벌였던 전투는, 거기서 피를 흘리며 죽어간 무사들의 넋은 누가 위로해 준다는 말인가.

제갈운과 남궁인 사이에서 분분한 의견이 오갔다.

그들을 사이에 두고 한참을 서찰을 바라보던 자운이 한마디 툭 던졌다.

"하도록 하지요."

그 말에 남궁인과 제갈운이 동시에 자운을 바라보았다.

이게 무슨 말인가?

"그게 무슨 소리입니까?"

제갈운의 물음에 자운이 서신을 탁 던졌다.

"어차피 끝을 봐야 하는 거였어. 최대한 피를 덜 흘리고 전쟁을 마무리할 수 있다면 그것으로 좋은 일이겠지."

자운의 말에 남궁인과 제갈운이 동시에 소리쳤다.

"그렇다면 그간 피 흘리며 죽어간 정도의 무사들은 어찌해야 합니까!"

자운이 제갈운의 말을 잘랐다.

"그렇다면 앞으로 죽어갈 무사들은 어떻게 할 거지? 전쟁이 일어나면 많은 피가 흐른다. 어쩌면 지금까지 흘린 피보다 더 많은 피를 흘려야 할지도 모르지. 그 후에 승리한다면 뭐가 되는 거지?"

상처뿐인 승리.

자운이 말하는 것은 바로 그것이었다.

그렇게 된다면 정파의 맥이 상할 대로 상할 텐데, 그 후에 정파가 다시 천하위에 우뚝 서봐야 무엇을 할 텐가.

자운의 말에 남궁인과 제갈운이 꿀 먹은 벙어리가 되었다.

"그러니 하라고 해. 이번의 한 번으로 결판이 난다면 얼마든지 싸워주지."

그 말에 남궁인이 묻는다.

"혹여나 무상께서 패배하신다면, 그때는 어찌하실 겁니까?"

남궁인의 말에 자운이 씨익 웃어 보인다.

"난 안 져."

자운이 확신하듯 한 번 더 강하게 말했다.

"절대로 안 져."

새로운 실마리를 잡았으니까.

"그러니까 무당으로 가보자고."

오래 시간이 걸리지 않아 적성에서 보내온 초대장에 대한 소문은 무림맹 전체에 퍼졌다.

무림맹뿐만이 아니다.

사파연합 전체에도 소문이 퍼졌다.

자운이 지나다니는 걸음마다 많은 사람의 시선이 자운의 등 뒤로 향한다.

지금 자운의 두 어깨 위에 무림의 운명이 걸려 있는 것이다.

부담스러울 법도 하건만 자운이 어깨를 으쓱해 보였다.

지금 그가 향하는 곳은 여산에서 조금 멀리 떨어진 봉우리 하나.

사람의 인기척이 없는 곳을 찾아가고 있는 것이다.

'후우! 아직도 내 것으로 만들지 못했다.'

사실 자운이 준비하고 있는 비장의 한 수는 이공을 상대할 때 보였던 바로 그것이었다.

닿을 듯 닿지 않는 무리.

머리로는 충분히 이해했다. 아니, 했다고 여겼다.

하지만 정작 펼쳐야 할 몸으로는 그게 안 된다.

단지 이해만으로는 해결되지 않는 문제가 그의 앞을 가로막고 있었다.

답답한 걸음으로 자운이 봉우리에 올랐다.

사람의 발길이 닿지 않은 봉우리에 도착한 자운이 봉우리의 꼭대기에서 아래를 내려다보았다.

구름이 넓게 펼쳐져 있는 운해.

자운의 손이 가볍게 허공을 움켜쥔다.

휘익—

어디선가 바람이 불어왔다.

자운이 전방의 구름을 주시했다.

만약 성공을 한 것이라면 자신이 원하는 대로 운해가 두 쪽으로 쪼개질 것이 분명했다.

하지만 자운의 바람은 통하지 않았다.

구름이 두 쪽으로 쪼개지기는커녕 작은 모습의 변화도 보이지 않는다.

마치 전혀 영향을 받지 않은 듯 그저 바람을 타고 흘러갈 뿐이다.

무당으로 출발하려면 남은 시간은 사흘.

사흘 안에 반드시 이것을 자신의 것으로 만들어야 한다.

'천천히 해보자고.'

자운은 조급하게 생각하지 않았다.

조급한 마음을 가져서는 오히려 독이 된다.

이미 꿈결에라도 한번 걸어갔던 길.

지금은 자욱이 안개가 깔려 길을 찾지 못하고 있지만, 곧 다시 그 길을 기억해 내고 걸어갈 수 있을 것이 분명했다.

무리는 때가 되면 도달하는 것이다.

만약 하늘이 바라는 것이 있다면 그때가 당겨 찾아올 것이다.

자운이 다시 허공을 움켜쥐었다.

꾸욱—

사흘이라는 시간은 정말 빠르게 지나갔다.

그사이 무당에서 벌이는 적성과의 마지막 결전에 참여하기 위해 갈 일행이 모두 선발되었다.

자운은 당연히 일성과 한판을 벌여야 하니 논외로 치고, 선발된 이들 중 가장 강한 이는 남우와 설혜였다.

초대장을 보냈다고는 하나 그곳은 사지, 적의 한가운데다.

수를 추려서 간다면 최고의 고수들만이 그곳으로 향해야 할 것이 분명했다

그 뒤를 이은 이들은 무림맹의 남궁인과 괴걸왕이었고 사파연합의 당평청과 벽력도마 사일귀였다.

각기 세력을 대표하는 이들이 움직이는 것이다.

자운이 일행의 선두에 섰다.

여산에서 무당까지는 넉넉하게 잡아도 오 일.

절대고수의 경공으로 간다면 하루도 걸리지 않겠지만 그 정도로 여유가 없지는 않았다.

남우가 자운을 툭 쳤다.

"자신있냐?"

자운이 빙긋 웃으며 어깨를 으쓱해 보인다.

"그건 싸워봐야 알겠지."

승리를 자신하던 자운도 지금 이 순간에는 확실하게 자신

의 승리를 말하지 못했다.

그만큼 긴장하고 있는 것이다.

남우의 눈가가 잘게 떨렸다.

'이 녀석, 긴장하고 있구나.'

겉으로는 유들유들하며 여유로운 모습을 보이고 있지만 남우는 알고 있었다.

자운은 초조하거나 긴장할수록 더욱 그런 모습을 보인다는 사실을 말이다.

설혜 역시 자운의 심중을 눈치채고 있었다.

남우와 설혜가 각기 자운의 양옆에 섰다.

"걱정하지 말라고. 무슨 일이 생기면 우리가 한팔 거들고 도와줄 테니까."

설혜는 말 대신 허리춤의 검을 스르릉 뽑아 보인다.

그들의 말에 자운이 낄낄거리며 웃었다.

"제일 먼저 도망이나 가지 마라. 킬킬킬."

"이게 도와준다고 해도 지랄이야, 지랄은."

무당에서 벌이는 일전에 대한 소문이 퍼진 것은 비단 무림맹에서뿐만이 아니었다.

이미 그 소문으로 천하가 떠들썩했다.

길을 갈 때면 사람들이 수군거리는 것이 들린다.

객잔에 머물기만 해도 자운과 일성의 대결을 점치는 이들이 있었다.

그들은 쉬이 누가 이길 것이라고 장담은 하지 못했지만 한 가지는 확실했다.

자운이 이겨주기를 바라고 있었다.

적성이 득세한 세상은 정파가 득세한 세상보다 살기 어려웠다.

어느 쪽이든 민초들에게 무림인이라는 존재는 불가해에 닿아 있어 대하기 어려운 이들이었지만, 확실한 것은 적성보다는 정파가 득세한 세상이 살기 좋았다는 점이다.

여기저기서 자운의 승리를 바라는 말들이 들려왔다.

자운은 그 소문을 들으며 천천히 무당을 향해 걸음을 옮겼다.

중원오악 중 하나이며 남웅주기에 그 모습이 하늘을 향해 솟아 있는 향로와 같고 사시사철 안개로 자욱하다고 기록되어 있는 산, 그 산이 바로 호북(湖北) 균현(均縣)에 위치하고 있는 무당산이다.

먼 곳에서 안개에 둘러싸인 무당의 모습이 눈에 들어온다.

상서로운 기운마저 감도는 곳, 거대하게 펼쳐진 일흔두 개의 봉우리가 동공에 가득 맺혀 왔다.

자운은 사실 무당에 처음 오는 것이 아니다.

과거 적성과 무당에서 한바탕 전투를 벌인 기억이 있다.

'그 후로 이번이 처음이구나.'

적성이 그들을 초대한 곳, 그곳은 바로 무당산에서도 가장 높은 봉우리라는 자소봉이었다.

자운 일행의 걸음이 자소봉을 향한다.

여기저기서 자신들을 바라보는 눈초리가 느껴진다.

내색은 하지 않았지만 남궁인과 괴걸왕은 시선이 불편한지 몇 번이나 헛기침을 해대었다.

누구의 시선인지는 보지 않아도 알 수 있다.

적성 무리의 시선이다.

물론 그들의 주구밖에 되지 않는 하급 잡졸들이었으나 적의 시선을 받는 것이 마음 편안할 리 없다.

그런 반면에 자운은 여유롭기 그지없다.

한참을 걸어 올라가자 자소봉의 꼭대기가 보인다.

자소봉은 무당에서 가장 높은 봉우리로서 무공을 익히지 않은 이들은 그 끝에 오르는 것조차 어렵다.

하지만 여기 있는 이들은 모두 기라성 같은 무공을 가진 이들.

신형이 한걸음에 꼭대기로 치솟는다.

빛살이 허공으로 솟구쳤다.

그 빛살이 자소봉의 봉우리에 내려서는 순간, 일성이 자운을 알아보고는 손을 흔들었다.

"금빛 장삼에 젊어 보이는 외모, 그리고 손에는 범상치 않아 보이는 검이라니, 네가 난신이군."

자운이 고개를 끄덕였다.

"그러는 네가 천하를 상대로 전쟁을 하겠다는 미치광이로군."

자운의 말에 일성이 크게 웃음을 터뜨리며 고개를 끄덕였다.

즐거운 것인지 박수까지 치며 웃음을 흘린다.

"하하하하! 그렇지. 내가 바로 그 미치광이지. 하지만 세상은 어차피 미친놈들 천국이 아닌가. 정파라고 해도 허울 좋은 가면을 뒤집어쓰고 뒤로 잇속을 챙기지. 그런 미치광이들에 비하면 나처럼 대놓고 미친 게 훨씬 좋아 보이지 않아?"

자운이 안타깝다는 듯 고개를 절레절레 흔들었다.

"이건 완전히 정상이 아니구나. 쯧쯧. 미친놈에게는 매가 약이라는데, 이번 기회에 이 형이 좀 패주마."

자운의 말에 일성이 씩 웃었다.

"능력이 된다면 얼마든지. 그보다 하루 정도 일찍 온 것 같은데? 밥이라도 얻어먹으러 왔나?"

자운이 웃었다.

"줄 건가? 준다면 얼마든지 먹지."

"크크크크크큭, 최후의 만찬이라니. 좋아, 내어주지. 죽기 전에 호적수에게 식사 한 끼 정도는 대접할 수 있지."

그가 몸을 휙 돌렸다.

"따라오도록 해."

식사는 생각보다 조용히 이어졌다.

만찬이 펼쳐졌으나 누구 하나 쉬이 소리를 내는 이가 없었다.

극도의 긴장감이 식탁 위로 맴돈다.

먼저 식사를 마친 자운이 자리에서 일어났다.

"덕분에 배부르게 잘 먹었군. 내가 잘 곳은 어디지?"

그 말에 적성이 이마를 탁 쳤다.

"그렇지. 오늘은 아니지. 오늘은 아니야. 잘 곳을 내어줘야겠군. 좋아, 조금만 기다려. 수하를 시켜서 잘 곳을 내어주도록 할 테니까."

일성이 그들에게 내어준 숙소는 과거 무당의 건물 중 하나였다. 적성의 침입에도 간신히 모습만을 유지하고 있는 건물을 내어준 것이다.

"혹시 몰라서 다 태우고 하나는 남겨뒀는데 이렇게 쓰이는군. 원한다면 여기서 자도록 해."

일성의 말에 자운이 고개를 끄덕였다.

"무림의 태산북두라 불리는 무당의 심처에서 잠을 자다니, 꽤나 행운인데?"

"내일 죽을 거, 그 정도 호사는 누리라고."

일성이 손을 흔들며 그 자리에서 사라졌다.

자운이 일성이 사라지는 모양새를 계속해서 바라보고 있었다.

이제 내일이다…….

* * *

아침이 밝았다. 환한 햇살이 쏟아지자 운기행공을 하며 심상에 잠겨 있던 자운이 자리에서 일어났다. 그가 가볍게 주먹을 움켜쥔다.

아무런 일도 일어나지 않았지만, 자운이 만족스럽게 고개를 끄덕였다.

"자, 그럼 가볍게 푸닥거리 한번 하러 가볼까."

자운의 신형이 슥 사라진 자리 근처에 있던 석등 하나가 정확하게 반으로 쪼개졌다.

쩌저적—

다른 이들은 이미 모두 비무대 앞으로 와 있었다.
표정들을 보아아니 긴장한 표정들이 역력했다.
자운이 그런 그들을 뒤로하고 넓게 펼쳐진 비무대를 바라보며 말했다.
"이거 돈 좀 썼겠는데? 바닥이 모두 청강석이라니. 적성은 돈이 썩어 넘치나 보군."
그 말에 맞은편에서 자운을 바라보던 일성이 웃었다.
"무림을 건 최후의 대결이니 이 정도는 돼줘야 격식에 맞지 않겠어?"
자운이 그 말은 맞받아치며 비무대 위로 올랐다.
"난 또 저 죽을 줄 알고 무덤에 돈을 처바른 줄 알았는데 전혀 다른 뜻이었네?"
"나의 호적수의 무덤이니 이 정도 돈은 아깝지 않지."
적성이 우드득 하는 소리와 함께 몸을 풀었다.
자운이 황룡신검을 뽑아 들고는 검갑을 비무대 뒤쪽으로 던져 버린다.
설혜가 날아오는 검갑을 받아 들었다.
자운이 황룡신검을 움켜쥔 손가락을 까닥거렸다.
족히 직경이 오십여 장은 될 듯한 비무대가 좁게 느껴진다. 오십여 장이라고 해봐야 한 걸음에서 두 걸음 거리다.
자운과 일성이 서로를 노려보았다.

휘휘휘휘휘—

뜨거운 바람이 불어와 비무대를 감싼다.

그것이 신호탄인 듯 자운과 일성의 몸에서 기세가 일어났다.

붉은 기세와 황금빛 기세가 연속으로 허공에서 충돌한다.

파직파직—

불똥이 튄다. 거대한 기세의 충돌이 허공으로 솟구치며 용권풍을 만들어내었다.

자운이 검을 뽑았다.

쾅 하는 소리와 함께 자운의 검에서 황룡검탄이 쏟아진다.

일성이 두 손을 흔들었다.

두 손에서 뻗어나온 붉은 기운이 일성의 양팔을 감싸는가 싶더니 단번에 길어지며 황룡검탄과 충돌한다.

콰앙—

허공에서 충돌한 두 개의 기운이 단번에 소멸해 버린다.

자운과 일성의 시선이 허공에서 어지럽게 교차했다.

한 번의 공격 이후 둘은 쉬이 움직이지 않는다.

기회를 노리고 있는 것이다.

자운이 한 발짝 일성을 향해 다가갔다.

저벅—

일성 역시 자운을 향해 한 발 다가온다.

저벅—

둘의 거리가 조금씩 가까워졌다.

오십여 장에 이르는 비무대가 조금씩 좁혀지는 순간, 피잉 하는 소리와 함께 자운의 검술이 허공을 갈랐다.

일성이 고개를 흔들었다.

자운이 뿌려낸 검초가 일성의 뒤에서 쪼개졌다.

쩌억 하는 소리와 함께 청강석으로 만들어진 바닥이 갈라졌다.

연이어 공격하는 자운.

그의 손이 허공을 때린다 싶더니 단번에 화염을 만들어낸다.

염룡교의 수법으로 뻗어진 화룡이 일성을 노리고 날아들었다.

넘실거리는 화염이 붉은 꼬리를 남기고, 자운의 주먹이 일성을 향해 쇄도했다.

일성이 붉은 기운을 끌어올렸다.

멸성기와 화염이 충돌한다.

허공에서 두 개의 붉은 기류가 어지럽게 충돌했다.

번쩍하며 환한 빛이 터져 나오고, 자운의 손이 빛살보다 빠르게 공간을 격했다.

일성 역시 빠르게 움직였다.

난 안 져

파바바바방—

주먹과 주먹이 여지없이 충돌한다.

두 사람이 딛고 있는 청강석 바닥이 계속해서 파여 나갔다.

펑펑펑—

청강석 조각이 튀어 오른다.

쾅!

자운과 일성의 주먹이 크게 충돌했다.

그 파동이 얼마나 강하게 뻗어 나간 것인지 청강석을 바둑판 모양으로 나열해 놓은 바닥이 출렁이며 몇 개의 판이 허공으로 떠올랐다가 다시 떨어져 내렸다.

쿠웅—

자운의 몸과 일성의 몸이 뒤로 주르륵 밀려났다.

그토록 격렬하게 주먹을 나누었음에도 불구하고 둘의 몸에는 전혀 상처가 없었다.

일성이 양팔에 멸성기를 휘감았다.

"사실 나는 자네가 나와 참으로 닮았다고 생각하네."

"뭐, 둘 다 미친놈인 거?"

이야기를 듣던 괴걸왕이 고개를 끄덕였다.

'스스로도 잘 알고 있구먼.'

그 모습을 흘깃 본 자운이 괴걸왕을 후려칠까 생각했지만, 지금은 일단 눈앞에 있는 일성이 먼저였다.

"그렇지. 둘 다 미쳤지. 미쳤고말고. 미쳤으니 이런 일을 벌이는 것이지. 미치지 않았으면 무공을 왜 익혔겠나. 그냥 밭이나 갈고 살지. 무림인은 모두 미쳤어."

자운이 이죽거렸다.

"모든 무림인이 너처럼 미쳤을 거라고는 생각하지 마라. 모든 무림인을 미친놈이라고 한다면 넌 아주 상 미친놈이니까."

"그 말은 틀렸어. 난 상 미친놈이 아니라 개 같이 미친 놈이지."

적성의 몸이 허공을 갈랐다.

자운의 신형 역시 벼락처럼 하늘을 갈랐다.

귀청을 찢는 굉음이 울리며 두 사람의 시선이 허공에서 교차되었다.

십자 형태로 교차되는 시선.

붉은 선과 황금빛 선이 허공을 가득 채워 나간다.

번쩍하는 순간!

적성이 두 손을 뻗었다.

멸성기가 강력한 흡력을 발생시키며 자운을 끌어들인다.

흡자결을 운용해 자운을 당기는 것이다. 자운이 역으로 검을 이용해 방자결을 펼쳤다.

끌려들어 가던 자운의 몸이 제자리에 고정되었다.

방자결과 흡자결의 팽팽한 싸움.

 자운이 황룡신검을 어검술의 수법으로 허공에 고정시켰다.

 물론 방자결을 펼치는 그대로였다.

 그리고 한순간에 황룡신검에 담긴 방자결이 풀려 나간다.

 쐐애애액—

 흡자결만이 남자 황룡신검이 빠른 속도로 일성을 향해 날아갔다.

 일성이 다급하게 고개를 틀었다.

 흡자결을 통해 일성을 향해 쇄도하던 황룡신검이 그대로 허공을 가른다.

 자운이 손가락 끝을 움직였다.

 "끝이 아니야."

 쐐애애애액—

 황룡신검이 포물선을 그리며 다시 날아든다.

 뒤에서 일성을 관통하려는 기세.

 일성이 허공을 밟았다.

 그의 몸은 이미 십여 장 밖을 벗어나고 있었다.

 자운이 어검술로 자신의 곁으로 돌아온 검을 움켜쥐었다.

 "엄청나군."

남궁인이 눈으로도 쫓기 힘든 두 사람의 싸움을 보며 말했다.

남우와 설혜의 눈에는 두 사람이 아직 제대로 시작도 하지 않은 것으로 보였으나, 다른 초월의 경지에 오르지 못한 절대자들의 눈에는 그저 엄청난 싸움으로 보일 수밖에 없었다.

일격 일격이 자신들이 펼쳐내는 필살의 수법과 맞먹는 위력을 가지고 있다.

고작 한 단계.

절대와 초월의 차이는 고작 한 단계일진대 이 정도로 힘이 달라지는 것이다.

사람이 저토록 빠르게 움직일 수 있다니.

패애액―

자운의 검에서 금빛 광채가 일었다.

광채는 검을 덮어가며 날카로운 예기를 뿜어낸다.

검강.

어지간한 고수들의 검강과는 그 힘부터가 달랐다.

속에 담긴 내기, 밀도, 예리함, 감히 비교도 하기 힘들 정도로 격차가 나는 강기였다.

쾅―

자운이 강기가 넘실거리는 검을 내리쩍었다.

금빛 선이 창공을 가르며 유성마냥 꼬리를 늘어뜨린다.

일성이 손날 가득 수강을 일으킨다.

의지가 전해지자 수도 위에서 붉은 멸성강이 타오르기 시작한다.

내리찍는 자운의 검을 향해 일성이 멸성강을 치켜들었다.

콰앙—

검강과 수강의 충돌. 붉은 기운과 금빛 기운이 넘실거리며 사방으로 뻗어나갔다.

자운과 일성이 서로의 시선을 마주한다.

자운이 시선을 마주한 상황에서 일성의 얼굴을 후려칠 듯 주먹을 휘둘렀다.

일성이 손가락으로 허공을 틀었다.

공간이 뒤틀리며 자운의 공격 궤적이 틀어졌다.

자운이 내기를 이용해 뒤틀린 공간을 바로잡았다.

공간을 뒤트는 기운과 바로잡는 기운이 허공에서 얽히며 요상한 소리를 흘렸다.

끼이이이이이이이이—

둘의 힘을 견디지 못한 공간이 그 자리에서 터져 나가며 소멸했다.

콰아앙—

둘의 신형이 다시 멀어졌다.

인간일진대 자연스럽게 공간에 개입하는 모습.

그들이 과연 사람일까 하는 생각이 들었다.

'엄청나군.'

당평청은 한순간도 놓치지 않기 위해 눈을 이리저리 움직였다.

침이 꿀꺽 넘어간다.

같은 상황인 것은 벽력도마 역시 마찬가지였다.

난신, 난신 하는 소리를 많이 듣기는 했지만, 자운이 저 정도의 실력일 것이라고는 생각도 하지 못했다.

그런 사일귀의 귀로 설혜와 남우가 이야기하는 소리가 들려온다.

"사 할? 아니, 삼 할 오 푼인가? 제대로 싸우지 않고 있군."

"정확하게 삼 할 칠 푼 오 리."

"이 얼음땡이야, 대충해. 비슷하면 되는 거지."

저 정도가 힘의 절반도 사용하지 않은 것이라고?

그 말을 들은 다른 이들은 경악할 수밖에 없었다.

저런 엄청난 싸움이 고작해야 삼분지 일 정도의 힘으로 펼쳐내는 것이라니.

문득 남궁인은 절대의 경지에 오른 자신들을 향해 남우가 했던 말을 떠올렸다.

'애들 장난……'

저 정도가 힘의 삼분지 일이라면 정말로 자신들의 싸움은 아이들 장난 수준일 것이다.

보는 것만으로도 숨이 턱턱 막혀든다.

하나 정작 전투를 벌이고 있는 두 사람은 그리 조급해하지 않았다.

밑천을 드러내기는커녕 힘의 절반도 사용하지 않고 서로를 가늠하는 중인데, 조급할 리가 없다.

"제법 하네. 하도 부하들만 보내길래 난 또 허접할 줄 알았는데. 확실히 좀 뭔가가 있기는 하구나."

자운의 말에 적성이 웃음을 터뜨렸다.

"하하하하하하! 원래 수장은 좀 늦게 움직여야 무게감이 있는 법이지. 그래도 지금이라도 움직였으니 상관없잖아?"

둘의 대화가 마치 친근한 친우끼리 나누는 이야기 같았다.

하지만 서로를 향해 뿌려대는 공격은 어느 하나 살초가 아닌 것이 없었다.

모두가 치명적이다.

쐐애액—

자운이 뿜어낸 강기가 청강석 바닥을 두 쪽으로 쪼갰다.

이미 비무대는 넝마가 된 지 오래였다.

"이렇게 되어서야 비무대가 전혀 쓸모가 없군."

"원래부터 그냥 보여주려고 만든 거잖아. 안 그래?"

자운의 말에 일성이 웃었다.

"이래서 나는 네가 좋아. 흥미로워."

자운이 손을 뻗었다. 손가락에서 기다란 용의 손톱이 솟아난다.

솟아난 용의 손톱은 놈의 얼굴을 그어버릴 것처럼 맹렬하게 움직였다.

하지만 일성은 어느새 발을 굴러 삼여 장 밖으로 벗어난 지 오래였다.

"남자의 호감 따위, 별로 좋아하지 않는데 말이야."

말을 하며 기합을 내질렀다.

"합!"

순간적으로 자운의 몸이 공간을 축약시켰다. 자운의 어깨가 일성을 들이박는다.

일성이 바닥을 발로 밟았다.

쿠웅—

강력한 진각으로 인해 발생한 충격파가 퍼져 나가며 자운의 몸을 밀어내었다.

바닥이 파도치는 것처럼 출렁였다.

자운이 지지 않고 무시무시한 내력을 모은 발을 내려찍었다.

충격파가 일성과는 반대 방향으로 터져 나오며 일성이 쏘아낸 충격파와 연신 충돌을 거듭한다.

쾅쾅쾅!

바닥이 쩌저적 하고 갈라졌다.

그 충격파 속에서 엄청난 힘으로 자운이 검을 휘둘렀다.

황금빛 광채가 단번에 빠르게 쏘아진다.

쾅쾅—

일성은 피하지 않았다.

그 역시 수도를 휘둘러 멸성강을 뿜어내고 자운의 기세를 정면으로 받아쳤다.

콰과과과광—

귀청을 찢는 폭음을 가르고 두 사람의 신형이 빠르게 움직였다.

바닥을 박차는 순간, 이미 주먹은 서로를 향해 당도하고 있다.

콰앙—

공방의 전환이 수십 번씩 이어졌다. 한 번의 충돌에 백여 합의 싸움이 이어진다.

난무하는 강기와 강기 속에서 자운과 일성은 편안하게 움직이고 있었다.

마치 자신의 영역이라도 되는 양, 안전 구역이라도 되는 양

강기가 날아들지 않는 공간을 정확하게 파악하고 움직인다.
 싸움이 점점 격해지고 있다.
 두 사람 모두 조금씩이나마 실력을 높여가고 있었다.
 사 할이 조금 안 되는 힘을 쓰며 싸우던 것이 이제는 사 할을 넘어섰다.
 그에 따라서 싸움은 조금 더 복잡한 양상으로 변해갔다.
 또한 조금 더 화려하게 치달았다.
 쏴솨솨솨솨솨—
 자운의 신검에서 검강이 파도처럼 밀려 나왔다.
 검강의 파도가 대해를 이루고 일성을 향해 나아간다.
 해일이 몰려오는 듯한 모습이다.
 일성이 지지 않고 벼락처럼 양손을 휘둘렀다.
 양손에서 그물처럼 멸성강이 움직였다.
 그물처럼 넓게 펼쳐진 강기와 황금빛 파도가 충돌한다.
 폭음이 울리지는 않았다.
 대신에 힘겨루기가 시작되었다.
 파도와 그물의 힘겨루기.
 거대한 힘이 중앙에서 몰아친다.
 콰앙—
 바닥이 거대한 깊이로 파이며 자운과 일성의 몸이 둘 다 뒤로 밀려났다.

"크으."

자운이 눈앞을 자욱하게 가리는 안개를 손을 휘저어 걷어내었다.

그리고는 전방을 주시했고, 일성 역시 자운을 노려보았다.

금안과 적안이 허공에서 충돌했다.

황룡난신

뜨거운 열기를 머금은 바람이 불어왔다.
시원함은커녕 오히려 긴장감만을 더욱 끓어오르게 한다.
자운이 근육을 팽팽하게 당겼다가 풀어놓기를 반복했다.
몸을 가득 채운 긴장감을 풀어냄으로써 딱딱해지는 움직임을 막기 위한 행동이었다.
자운이 한 걸음 앞으로 다가갔다.
일성 역시 자운을 향해 한 걸음 다가온다.
둘은 그 상황에서 서로를 마주 보며 움직이지 않았다.
그렇게 침묵이 이어지기를 잠깐, 일성이 먼저 입을 열었다.

미친놈과 미친놈이 싸워서 누가 더 상 미친놈인지 겨루는 승부인가?

"과연 너는 하늘이 내린 나의 호적수구나. 너를 꺾는다면 무림에서 나를 상대할 이가 없겠지?"

자운이 어깨를 으쓱했다.

"사실 내가 좀 잘나기는 했어. 근데 너 말이야, 날 꺾을 자신은 있는 거냐?"

일성이 고개를 끄덕였다.

"물론."

"그거 참 별일이네. 사실 나도 널 꺾을 자신이 있거든."

그 말에 일성과 자운이 동시에 씨익 웃었다.

"꽤나 자신이 있는 모양이군."

"물론이지."

평온하게 말을 하고 있지만 둘 사이에서 몰아치는 기류는 더욱더 강해졌다.

"너, 힘 절반도 사용하지 않고 있지?"

"그러는 너도 마찬가지면서 새삼스럽네."

일성과 자운은 서로 본 실력을 다하지 않고 있다는 사실을 알고 있었다.

"그래서 이제는 오 할 정도 사용해 보려고."

"나도 그럼 오 할 정도 끌어올려 보도록 하지."

둘의 몸에서 피어오르는 금광과 적광의 색이 한층 더 진해졌다.

붉은빛과 금빛이 선명하게 대조되며 허공을 향해 치솟는다.

그 힘이 얼마나 강했는지 사방 백 리 밖에서 허공으로 치솟은 붉은 기둥과 금빛 기둥을 확인할 수 있을 정도였다.

파지지지직—

뇌전이 튄다.

두 개의 기둥이 하늘을 가득 메우고 있던 구름을 걷어내었다.

마치 하늘이 두 쪽으로 쪼개지는 듯한 느낌이다.

괴걸왕이 하늘을 바라보더니 중얼거렸다.

"하늘을 쪼개다니, 역시 사람이 아니야."

그 말에 다른 이들 역시 동의한다는 듯 고개를 끄덕였다.

고개를 끄덕이는 이들과는 다르게 남우와 설혜는 일공을 주시하고 있었다.

여유로워 보이는 미소.

분명 일성의 수하가 분명한데 그 여유로움은 일성보다 더하다.

또한 저자, 불길하다.

둘은 직감적으로 그런 감각을 느끼고 있었다.

그런 둘의 시선을 느낀 것인지 일공이 새하얀 이를 드러내며 웃었다.

눈에서는 날카로운 살기가 뿜어졌다.

'역시 위험해.'

'위험.'

뭐랄까, 뱀의 아가리 속에 들어와 있는 기분이다.

맹수의 아가리가 아니다. 독 내가 풍기니 분명 뱀의 아가리였다.

'이 장소에, 이 일에 또 무언가를 계획하고 있는 것이냐.'

남우가 고개를 들어 자운을 바라보았다.

'불길하군.'

누군가의 손바닥 위에서 놀아나고 있다는 기분이 들었다. 확증도 없는데 이런 기분이 드니 불쾌했다.

'찜찜해.'

그러는 사이, 자운과 일성이 움직였다.

휘이익—

자운의 몸이 벼락처럼 뻗어 나갔다.

한 걸음에 몇 장의 거리를 좁히고 들어간다.

엄청난 속도로 바람이 갈라졌다.

일성 역시 붉은 궤적을 남기며 자운을 향해 충돌해 나갔다.

번쩍하는 순간, 자운의 발이 일성의 복부를 파고들었다.

일성이 몸을 거칠게 틀어서 자운의 공격을 피해내는 동시에 일곱 번 허공을 때렸다.

멸성기가 쭈욱 늘어나며 자운의 전신을 후려친다.
자운이 신검을 끌어왔다.
용의 비늘이 화라락 일어났다.
용린벽, 동시에 역린을 터뜨렸다.
멸성기의 힘이 그대로 일성을 향해 돌아간다.
일성이 다시 멸성기를 뻗어 자신을 향해 돌아오는 힘을 소멸시켰다.
동시에 좌수를 움직였다.
콰앙―
검강과 수강이 충돌하며 번쩍하고 빛이 터졌다.
시야가 어지러워지는 순간, 자운의 몸이 번쩍하고 뒤로 날았다
연이어 멸성기가 자운을 향해 쫓아온다.
자운이 몸을 빼는 동시에 신검을 휘둘렀다.
멸성기가 신검을 감싸고 있는 금광과 충돌하며 절반으로 쩌억 갈라졌다.
갈라진 멸성기가 자운의 뒤쪽을 향해 날아간다.
설혜와 남우가 동시에 기운을 끌어올렸다.
쩌정 하는 소리와 함께 설혜의 눈앞에 눈부시도록 시린 얼음의 벽이 생겨난다.
쾅―

독정기와 멸성기가 충돌하고, 얼음의 벽과 멸성기가 충돌했다.

자욱한 폭음이 일어나며 눈앞이 어지러워진다.

남우가 손을 들어 바람을 불러왔다.

불어온 바람이 가볍게 눈앞을 자욱하게 가리고 있는 모래먼지를 걷어내자, 황금빛 호선과 적색 멸성기가 사방을 가득히 채우고 있는 것이 눈에 보인다.

얼마나 빨리 움직이는 것이면 길게 궤적이 남는다.

자운이 쾌검술을 펼쳤다.

파바바밧—

황금빛 검강이 그물처럼 뻗어 나갔다.

일성이 두 손을 들어 그물을 움켜잡았다.

멸성기를 손끝으로 보내는 것으로 그물을 찢어버린다.

콰직—

이것이 절반.

자신들의 힘을 절반 사용한 것이라 한다.

한 번 충돌할 때마다 자소봉 전체가 흔들리고 있다.

그런 게 고작 절반이라고?

남궁인이 침음성을 흘렸다.

"으음."

그의 마음을 읽어낸 남우가 물어온다.

"받아낼 자신이 없지?"

남궁인과 당평청이 동시에 고개를 끄덕였다.

"사실 나도 저 녀석이 팔 할 이상 힘을 쓰기 시작하면 받아낼 수 없다."

아니, 이제는 팔 할이 될지도 모르겠다.

지금 이 순간도 자운은 끝없이 자신의 실력을 이끌어내고 있었다.

점점 더 격차가 멀어지는 느낌이다.

하지만 한 가지는 확실해졌다.

지금 자운이 아니라면 일성을 상대할 만한 인물은 없다.

분하지만 인정해야 했다.

자운에게는 천운이 따르고 있었으며 또한 천명이 따르고 있었다.

콰아앙―

지축이 강하게 울리며 자운과 일성이 동시에 뒤로 밀려났다.

그리고 그 자리에서 벌떡 일어나 둘이 서로를 노려본다.

"크으으."

자운이 입가에 흘러내리는 침을 닦았다.

튕겨 나오기 직전 일성에게 주먹으로 한 대 얻어맞은 것이다.

하지만 자운이 곱게 한 대 맞고 물러나 줬을 리가 없다.

뒤로 튕겨나며 일성의 손가락을 붙잡고 꺾어버렸다.

일성은 뒤틀어진 손가락을 바로잡았다.

우드득 하는 소리와 함께 선천지기가 솟구쳐 어긋난 뼈를 바로잡는다.

자운이 퉤 하고 입 안에 고인 침을 뱉어내었다.

침에서 피가 섞여 떨어져 내렸다.

"개자식."

"개새끼."

일성과 자운이 동시에 서로를 향해 욕을 내뱉는다.

개자식과 개새끼 둘 다 같은 말이다.

그것을 바라보던 괴걸왕이 속으로 중얼거렸다.

'아냐. 저건 미친놈들이야'

욕지기를 내뱉은 두 사람이 다시 날아올랐다.

자운이 검을 휘둘렀다.

검이 물결치는 것처럼 움직이더니 단번에 일성의 아래에서 솟구친다.

파앗—

일성이 빠르게 턱을 들었다.

바로 눈앞으로 기다란 검강이 스치고 지나갔다.

자운이 검과 일성이 동일선상에 놓이는 순간을 놓치지 않왔다.

'패룡!'

자운의 부름에 대해와 같은 단전 속에서 잠자고 있던 패룡이 꿈틀거리며 자운의 팔을 타고 검을 통해서 튀어나왔다.

쾅—

패룡이 그대로 일성을 들이박고, 일성이 쌍장을 교차한 채로 패룡의 공격을 버텼다.

고작 한 걸음, 무지막지한 패룡의 육탄 돌격을 막아내고도 밀려난 거리가 고작 한 걸음이다.

자운이 그것을 보고 혀를 내둘렀다.

"이 괴물 같은 자식."

"훙! 그쪽에서 한 수 보여줬으니 이제는 내 차례군."

일성이 주먹을 말아 쥐었다.

그 주먹 위로 악귀의 얼굴이 드러난다.

키이이이이익—

악귀가 울었다.

그 소리는 황룡의 울음과는 다른 사특한 울음소리였다.

자운이 손을 흔들었다.

"아니. 그런 건 안 보여줘도 되는데."

단순한 손의 움직임이었지만 자운의 손에서 뻗어 나간 경력이 악귀의 형상을 때렸다.

퍼석—

하나 악귀에 닿은 기운이 맥없이 바스러졌다

'저 정도로는 꿈쩍도 안 한다는 말이지.'

그 순간, 일성이 기합성과 함께 주먹을 뻗었다.

"막아봐라!"

파아아앗—

거대한 악귀의 얼굴 수십이 자운을 향해 날아왔다.

퍼버버버벙—

사방의 공간이 모여들었다.

악귀가 그대로 자운을 향해 날아든다.

자운이 호룡을 불렀다.

패룡이 자운의 몸속으로 사라짐과 동시에 호룡이 솟구쳐 올랐다.

우우우우—

호룡이 자운의 몸을 휘감고 기다란 고개를 움직여 이로 악귀를 물어뜯었다

콰직—

쾅쾅—

그 이빨 사이를 헤집고 들어온 악귀의 형상들이 호룡과 충돌한다.

호룡이 크게 출렁였다.

하지만 부서지지는 않았다.
 일성의 공격이 끝나는 순간, 자운이 호룡을 불러들이고는 일성을 향해 뛰어나갔다.
 쾅—
 일성이 쌍장을 교차해서 자운의 공격을 막아낸다.
 자운의 몸과 일성의 몸이 동시에 허공으로 날아올랐다.
 하늘에서 떨어지는 별을 유성이라 부르던가?
 그렇다면 하늘에서 떨어지는 것이 아닌, 하늘로 솟구치는 별은 무엇이라 불러야 하는가?
 긴 꼬리를 가진 별 두 개가 허공을 향해 솟구쳤다.
 붉은 별과 금빛 별이 연달아 충격을 거듭하고, 사방으로 충격파가 퍼져 나갔다
 콰앙—
 한순간 충돌이 이어진 후 자운과 일성이 동시에 뒤로 밀려났다.
 자운이 어깨를 싸잡았다.
 일성은 허벅지를 부여잡았다.
 자운의 어깨에 남은 선명한 손바닥 자국.
 대수인의 수법과 비슷한 수법이 자운의 어깨를 때린 것이다.
 일성의 허벅지에서 피슛 하는 소리와 함께 피가 솟구쳤다.

자운의 검이 그의 허벅지를 스친 탓이다.

우드득 하는 소리와 함께 자운이 빠진 어깨뼈를 끼워 넣었다.

축 늘어졌던 팔이 제자리를 찾는다.

일성은 선천지기를 이용하여 베인 다리를 치료했다.

다리에 출혈이 심한 상처가 있으면 여간 성가신 것이 아니라는 사실을 알고 있기 때문이다.

무림인은 전투 중에 다리로 내공이 집중되는 경우가 많았다.

경공을 이용해 몸을 바쁘게 움직이는 경우가 자주 있기 때문이다.

자운과 일성이 서로 허공에 뜬 채로 노려보았다.

"괴물 같은 놈."

일성이 받아쳤다.

"사돈 남 말 하고 있네."

둘 다 사람으로 부르기는 어려웠다.

저토록 심하게 충돌을 해놓고도 아직 지친 기색조차 전혀 보이지 않고 있는 것이다.

자운이 황룡신검을 내려다보았다.

'검을 놓아야 하나?'

한 수가 떠올랐다.

하지만 충돌해 보니 알겠다.

그 한 수를 사용한다고 해도 필승을 장담하지 못한다.

어찌해야 할까.

자운이 고민을 했다.

필승을 장담할 수 있었다면 더 생각할 필요도 없이 황룡신검을 놓았을 것이다.

그리고 허공을 움켜쥐었을 것이다.

하지만 필승을 장담할 수 없는 지금, 그 비장의 한 수를 선보인다는 것은 오히려 상황을 불리하게 만드는 일이다.

자운이 고개를 가볍게 흔들었다.

'조금 더, 조금 더 상황을 두고 봐야겠다.'

그렇다면 이 한 수를 사용해야 할지 말아야 할지 결정할 수 있을 것이다.

일성이 그런 자운을 바라보며 물었다.

"무슨 생각을 그렇게 골똘히 하는 거지?"

자운이 씨익 웃으며 받아쳤다.

"어떻게 죽여야 널 잘 죽였다고 소문이 날지 생각하고 있었지."

일성이 고개를 끄덕였다.

"우리는 생각하는 바도 통하는 게 있네. 나도 널 어떻게 죽여야 잘 죽였는지 소문이 날까 방법을 찾고 있었는데 말이야."

그가 이죽거리자 새하얀 송곳니가 모습을 드러낸다.

시리도록 차가운 송곳니에 자운이 마주 웃었다.

"개 같은 자식."

"너도."

정말 한마디도 지지 않는다.

괴걸왕은 그 모습을 바라보며 이 장면을 미친놈 대결전이라고 생각했다.

'미친놈과 미친놈이 싸워서 누가 더 상 미친놈인지 겨루는 승부인가?'

괴걸왕이 그런 생각을 하는 것을 아는지 모르는지 자운이 일성을 향해 검을 움켜쥐며 말했다.

"자, 그럼 칠 할로 올려보자고."

그 한마디에 대기가 진동했다.

쿠우우우우우우!

第七章 나는 황룡문을 천하제일로 만들기로 약속했는데

황룡난신

 자운이 말을 한 순간부터 대기가 잘게 떨기 시작했다.
 허공중에, 형체가 없는 것이 분명한 허공중에 실금이 쩍쩍 가기 시작한다.
 자운과 일성의 기운을 견디지 못한 대기가 갈라지고 있는 것이다.
 광풍이 몰아쳤다.
 갈라진 대기 사이로 다른 대기가 들이닥치며 일어나는 현상이었다.
 휘류류류류류류류—

그런 상황 속에서도 두 사람은 허공에 오연히 서 있었다.

모두가 고개가 아픈 줄도 모르고 허공을 바라보았다.

일공 역시 허공을 바라보고 있었다.

'흐흐흐흐흐, 이이제이의 수법. 나는 일성을 죽일 수 없지만 난신은 죽일 수가 있지.'

다른 이의 손을 빌려 자신이 하고자 하는 야망을 이룬다. 일공이 일성과 자운의 움직임을 쫓았다.

아무리 바라보아도 저 정도가 칠 할이라면 자신보다 아래다.

큰 차이는 아니지만, 아주 근소한 차이라고는 하지만 일성과 싸우고 난 자운은 지쳤을 것이다.

그 지친 상황에서 자신이라는 존재를 자운은 감당할 수 없다.

자운의 목을 꺾고 난다면 무림천하에 자신을 상대할 만한 이는 없을 것이다.

'내가 무림의 주인이 되는 것이다. 천하가 내 손으로 들어오게 되겠지.'

그가 입가를 씰룩이며 웃었다.

남우가 불안한 눈으로 일공을 바라보다가 고개를 들어 일성과 자운의 움직임을 쫓는다.

자운의 발길질이 허공을 갈랐다.

일성이 단번에 자운의 가슴팍을 향해 파고든다.

손가락 가득히 붉은 기운이 넘실거리며 자운을 향해 날아든다.

자운이 억지로 허리를 비틀었다.

우드득 하는 소리와 함께 눈앞으로 일성의 공격이 지나간다.

일성이 팔을 구부렸다.

눈앞을 지나가던 공격이 단번에 방향을 바꾸어 자운의 얼굴을 노리고 날아왔다.

자운이 천근추의 수법을 운용했다.

쾅—

그의 신형이 연무장 바닥에 내려서고, 청강석으로 만든 바닥이 산산이 부서졌다.

일성은 먹잇감을 쫓아 아래로 하강했다.

자운이 천근추의 수법이 풀리는 순간, 일성을 향해 마주 솟구쳤다.

위에서 내려찍는 힘과 아래에서 올려치는 힘, 두 줄기의 섬광이 세상을 양단해 버릴 기세로 충돌했다.

콰아앙—

대지가 진동하고 하늘이 갈라졌다.

싸움이 이어진 지 벌써 두 시진. 정말 쉼 없이 싸우고 있다.

'무림의 운명을 결정할 싸움.'

그 사실을 알고 있기 때문에 모든 이가 침을 꿀꺽 삼켰다.

이 대결의 승자에 따라서 무림의 운명이 결정된다.

번쩍하는 섬광이 사방으로 퍼져 나갔다.

그리고 자운과 일성이 그 자리에 내려섰다.

"이제 각자 숨겨둔 비장의 한 수를 꺼내 들어보실까?"

"알고 있었나?"

자운의 말에 일성이 고개를 끄덕였다.

"이제 고작 칠 할이잖아."

"숨겨둔 삼 할을 꺼내라는 말이군."

"누가 먼저 꺼낼래, 친구?"

일성이 자운을 친구라 불렀다.

자운이 피식 웃었다.

확실히 정상이 아니라는 점에서 두 사람은 닮았다.

어찌 보면 친구라 해도 될 것이다.

하지만 자운은 거절했다.

"역겹다. 친구라고 부르지 마라."

자운이 황룡신검을 바닥에 꽂아 넣었다.

쑤욱 하는 소리와 함께 황룡신검의 절반이 바닥에 틀어박힌다.

"검을 버려?"

그의 행동에 일성이 놀라 소리쳤다.

검사가 검을 버리다니?

그렇다면 자운의 숨겨둔 한 수가 무엇이라는 말인가?

그가 그렇게 생각하는 순간, 자운이 허공을 움켜쥐었다.

일성이 본능적으로 고개를 틀었다.

무언가가 다가온다는 것을 느꼈을 뿐이다.

콰과광—

폭음이 울리며 일성의 뒤쪽 땅이 쩍 갈라졌다.

자운의 한 수를 알아본 남우가 소리쳤다.

"저, 저……!!"

이공을 죽일 때 보인 한 수가 아닌가.

자운은 이제 그것을 체득이라도 한 듯 자연스럽게 펼쳐내고 있었다.

이제 알겠다.

왜 자운이 조금씩 멀어진다고 느껴졌는지.

저 경지에 올랐으니 당연한 일이다.

일성이 눈을 동그랗게 말아 뜨고 소리 내어 물었다.

"무형검?"

자운이 고개를 끄덕인다.

마음으로써 사람을 베고 죽인다는 심즉살(心卽殺).

심검(心劍)에는 이르지 못했지만 자운은 바로 그전의 경지에 올라 있었다.

검을 든 자들이라면 죽는 한이 있어도 꼭 이루고 싶어하는 경지!

그 경지가 바로 무형검이었다.

무기의 구애를 받지 않는 경지와는 차원부터가 달랐다.

"그래."

자운이 일성의 말을 순순히 인정했다.

검을 버린다는 것, 검을 포기한다는 것은 생각보다 어려웠다.

자운은 일평생 검술에만 매달려 온 검사다.

그런 검사가 검을 포기한다는 것은 말도 안 되는 일이다.

하지만 검을 포기함으로써 새로운 검을 얻을 수 있다는 것을 인지하는 순간, 자운의 사고는 무한대로 확장되었다.

그리하여 얻은 것이 무형검.

눈에 보이지도 않으며 일성 정도는 되어야 간신히 느끼는 것이 가능하다.

일성의 수준에 미치지 못하는 이들은 그 누구도 피하지 못할 것이 분명했다.

심검은 아니었지만 일격필살에 가까운 공격.

일성이 자운이 쩍 갈라놓은 바닥을 보더니 박수를 쳤다.

"하하하하! 그렇군. 대단하군, 대단해. 무형검이라니. 나 역시 새로운 한 수를 보여주지."

감탄하던 일성의 어조가 바뀌었다.

스윽.

일성이 주먹을 내밀었다.

너무나도 느린 속도였다.

그리고 그 순간, 일성의 주먹이 사라졌다.

너무 빨라서 눈에 보이지 않는다든가 하는 느낌이 아니었다.

그냥 사라졌다.

일성의 주먹이 다시 나타난 곳은 바로 자운의 앞이었다.

일성과 자운의 거리는 약 십오 장.

그 거리를 주먹 하나만 사라졌다가 나타난 것이다.

자운이 황급하게 허리를 틀었다.

투콰앙—

공기가 흉측하게 뒤틀리며 자운의 뒤쪽으로 이어진 비무장 바닥이 다 날아가 버렸다.

자운이 일성이 그랬던 것처럼 놀란 눈을 치켜뜨며 물었다.

"공간격(空間擊)?"

일성이 고개를 끄덕였다.

무형검과 공간격이라니!

둘 모두 어느 한쪽이 높다 할 수 없는 경지다.

마지막 필승의 한 수로 남겨두고 있는 것이었는데 상대방 역시 그에 준하는 힘을 가지고 있었다.

자운이 이를 악물었다

"진짜로 너, 괴물 같은 새끼구나."

"그러는 너란 새끼는 괴물이 아닌 줄 아냐?"

동시에 일성이 주먹을 뻗었고, 자운이 허공을 움켜쥐었다.

콰앙—

둘 다 고개를 비틀었다.

일성의 뒤쪽이 쩌억 갈라졌다.

자운의 뒤 역시 또다시 터져 나갔다.

공간격과 무형검, 어느 한쪽이듯 닿는 순간 사망이다.

자운이 이를 빠득빠득 갈았다.

"진짜로 미친 새끼."

정말 적성 놈들이 왜 일성이라는 존재를 필요로 했는지 알 것 같다.

과거 이백 년 전에 이런 녀석이 있었다면 무림은 필패다.

당시에 어떤 은거고수들이 있었는지는 알 수 없지만, 그럴 거라는 기분이 들었다.

"네놈이 이 시대에 있어서 다행이구나. 내가 막을 수 있으니까."
 이 시대, 그 말을 이해하지 못한 일성이 반문한다.
 "이 시대라니? 그건 무슨 소리지?"
 "몰라도 돼!"
 자운이 양손으로 허공을 움켜쥐었다
 쾅쾅—
 쩌어억—
 십자 형태로 교차된 무형검이 일성의 위로 떨어졌다.
 일성이 빠르게 발을 굴러 십여 장 밖으로 벗어났다.
 자운이 공격할 틈을 주지 않으려는 듯 계속해서 무형검을 펼친다.
 쾅—
 쾅쾅쾅—
 쾅쾅쾅쾅—
 허공에서 무형검이 연달아 터져 나왔다. 하늘이 산산이 부서진다.
 일성이 무형검을 모두 피해내었다.
 느끼고 있는 것이 한계였지만, 공간격을 적절히 이용한다면 피해낼 수 있었다.
 "흥! 공간격을 펼치지 못하게 하려는 심산이로구나."
 일성이 자운의 속셈을 눈치채었다.

공간격을 펼치는 시간을 없애어 공격을 하지 못하게 하려는 샘이었다.

하지만 그것은 자운의 오판이었다.

일성은 공간격을 몸으로 체득한 지 오래였다.

자운이 무형검을 몸으로 체득한 것과 마찬가지 일이다.

몸으로 체득한 것을 펼치는 데는 찰나면 충분하다.

일성이 한 다발의 무형검을 피해내는 동시에 허공에 주먹을 내질렀다.

공간이 쩍 갈라지며 자운의 바로 앞으로 일성의 주먹이 나타난다.

자운이 무형검의 형태를 변환시켰다.

마치 방패의 형상으로 변화하는 무형검이 일성의 공간격을 막았다.

투콰아앙—

공간 전체가 크게 흔들렸다.

자운이 충격파에서 벗어나기 위해 허공답보를 밟았다.

그의 몸이 높게 날아오른다.

날아오른 자운을 향해 일성이 발을 뻗었다.

발이 사라지고, 자운의 앞에 일성의 발이 나타난다.

"허엽!"

자운이 경호성과 함께 몸을 비틀었다.

콰아앙—

자운의 허리가 터져 나간다.

공간격이 한 발이 아니었던 것이다.

어디선가 튀어나온 공격이 자운의 허리를 후려쳤다.

자운이 훨훨 나는 와중에도 이를 악물고 양손으로 허공을 움켜쥐었다.

콰앙—

두 발에 이르는 무형검이 일성을 후려친다.

일성의 몸이 무형검의 충격에 휘청 뒤로 밀려났다.

자운이 바닥을 구르며 허리를 잡았다.

"쿨럭."

입에서 피가 주르륵 흘러내리고, 내상을 입은 것인지 내장 조각이 섞여 나왔다.

상태가 좋지 않은 것은 무형검에 적중당한 일성 역시 마찬가지였다.

일성이 입고 있는 옷은 넝마가 되었으며 길게 그어 내려진 검상이 둘이나 있었다.

'제길.'

일성이 이를 악물었다.

선천지기로도 치료가 되지 않는다. 무형검에 담겨 있는 내력이 무지막지했기 때문이다.

어깨에 입은, 무형검으로 인한 상처 때문에 두 손을 이전처럼 빠르게 움직일 수가 없다.
하지만 운신이 불편한 것은 자운 역시 마찬가지였다.
자운의 허리에서 피가 줄줄 흘러내리고 있었다.
자운이 염룡교를 펼쳤다.
손바닥 가득히 불꽃이 타오른다.
그 불꽃을 그대로 자신의 허리로 가져갔다.
"으아아아악!"
자운이 고통에 비명을 내지른다.
살이 녹아들며 상처가 메워지기 시작한다.
공간격에 당한 상처 역시 선천지기로 치료가 되지 않았는데 그것을 살을 지져 메우고 있는 것이다.
일공이 눈을 크게 치켜떴다.
"진짜로 미친놈!"
미친놈의 입에서 미친놈이라는 소리가 나왔다.
자신의 살을 지져서 상처를 봉합하다니.
저게 어지간한 정신머리를 가진 놈이 할 수 있는 일이라는 말인가?
자운이 빙글빙글 도는 시야를 바로잡았다.
어느 정도의 충격은 정신을 바로잡는 데 도움이 된다.
하지만 허리를 지지고 속살을 지지는 고통은 정말로 엄청났기 때문에 정신이 돌아오는 정도가 아니라 멀리 나가 버릴 뻔했다.

'이대로 무너질 수는 없지.'

하지만 자운은 잘 알고 있었다.

자신의 어깨 위에 올라와 있는 것이 무엇인지를 말이다.

무림, 무림 전체가 지금 자신의 어깨 위에 놓여 있다.

물러설 수 없는 것은 일성 역시 마찬가지였다.

그의 어깨에는 적성의 대업이 달려 있었다.

몇 백 년의 세월을 거슬러 한이 되어버린 업이다.

쉬이 물러설 수 없었다.

자운과 일성이 서로를 노려보았다.

둘의 몸이 금방이라도 무너져 내릴 듯 휘청거렸다.

자운이 힘겹게 손을 들었다. 그리고는 허공을 움켜쥔다.

콰앙―

일성의 양옆이 터져 나갔다.

눈이 한순간 흔들려 조준을 잘못한 것이다.

자운의 공격이 빗나가자 일성이 회심의 미소를 지었다.

그리고는 팔을 들어 주먹을 뻗는다.

느릿하게 움직이는 주먹이지만 자운은 잘 알고 있다.

저 느릿함의 끝에서 빠름과 느림을 무시해 버리는 공간격이 날아든다.

피할 수 있을까?

견뎌낼 수 있을까?

온갖 생각이 다 들었다.

그리고 일성의 팔이 뻗어졌다.

"크윽."

일성의 어깨가 흔들렸다.

그 바람에 일성의 공격 역시 애먼 허공을 때린다.

쾅—

자운이 입힌 무형검의 상처가 욱신거려 팔이 흔들린 탓이다.

자운이 웃었다. 자운의 손이 다시 허공을 쥔다.

쐐애애액—

무형검이 수직으로 내려찍어 오는 것이 느껴졌다

엄청난 바람 소리가 울려 퍼진다.

일성이 몸을 굴렸다.

바닥을 구르며 일성이 무형검의 공격을 피해낸다.

"헉헉헉!"

턱 끝까지 차오른 숨이 호흡을 힘들게 만든다.

하나하나가 생명을 끊을 듯한 공격이고, 공격을 당하는 사람이나 공격을 퍼붓는 사람이나 모두 지쳐 가는 싸움이다.

남우가 손을 꾸욱 말아 쥐었다.

손에서는 땀이 흘러나온다.

인간이 저런 몸이 되고도 움직일 수 있는 정신력은 도대체 어디에서 나오는 것인가.

두 사람은 계속해서 아슬아슬한 공격을 이어갔다.

간발의 차이로 무형검을 피해내고, 간발의 차이로 공간격을 흘려낸다.

때로는 그 반대가 될 때도 있다.

마르지 않는 내공과는 달리 이것은 정신력의 문제, 지구력의 문제였다.

먼저 쓰러지는 쪽이 지는 것이다.

일반적으로 고수들은 호적수를 만났을 때, 사흘 밤낮을 싸운다는 소문이 있다.

하지만 그것은 와전된 소문이다.

고수들은 무공을 펼칠수록 훨씬 더 많은 심력이 소모된다.

그 소모되는 심력은 감히 평범한 범인으로서는 상상할 수도 없는 양이다.

그만한 심력을 삼 일 밤낮을 소비한다?

그 사람은 둘 다 광인이 되어버릴 것이다.

그렇기에 고수들의 싸움은 대개 반나절 안에 끝이 난다.

자운과 일성이 싸우기 시작한 시각도 대충 반나절 정도가 되어간다.

"후욱! 후욱!"

거칠게 몰아쉬는 숨이 느껴진다.

입에서는 단내가 흘러나왔다.

둘의 앞에는 이미 피가 흥건하게 적셔져 있다.

무림의 마지막을 결정하는 싸움은 이토록 처절하기 그지 없었다.

자운이 거친 호흡 속에서 일성을 향해 물었다.

"이렇게… 이렇게까지 해서 무림을 먹어야겠냐?"

그 말에 일성이 반대로 묻는다.

"너 그냥 나랑 같이 손잡고… 허억, 무림을 정복하자. 이렇게까지 해서… 무림을 지켜야겠냐? 허억!"

자운이 웃었다.

"그러게 말이다. 그럼 너와 내가 손을 잡으면 황룡문은 어떻게 되는 거냐?"

"허억! 허억! 어떻게 되는 거긴, 적성과 하나가 되는 거지."

"이름은 황룡문으로 바뀌는 거고? 후욱! 후욱!"

웩 하는 소리와 함께 또다시 자운의 잎에서 피가 흘러내린다.

"그, 그럴 리가 있나. 적성으로 가야지."

자운이 고개를 흔들었다.

"그래서 안 된다는 거야, 이 자식아."

쐐애액―

무형검이 허공에서 내리쩍었다.

일성이 공간벽을 방어형으로 펼쳤다. 공간이 쩌억 벌어지며 간신히 자운의 공격 방향이 틀어졌다.

"나는… 황룡문을 천하제일로 만들기로 약속했는데, 허억, 그렇게 되면 안 되지. 허억! 허억!"

"안타깝네. 후욱! 후욱! 너랑은 잘 맞을 것 같았는데."

그 말에 자운이 양손으로 허공을 움켜쥐었다.

염룡교로 지진 허리의 욱신거림이 심해지고 있었다.

"아까도 말했지만… 허억! 남자 놈이랑 궁합 보는 취미 따위는 없어."

양손으로 움켜쥔 공격을 일성이 간신히 막았다.

콰아앙―

자욱하게 먼지가 일었다.

한 치 앞도 보이지 않는다. 지금은 기감을 넓힐 체력조차 없다.

"허억!"

"쿨럭!"

피가 주르륵 흘러내린다.

이공이 공격을 하기 위해 주먹을 뻗는 순간, 자욱하게 일어난 먼지가 걷히고 자운이 주먹을 말아 쥐는 것이 보인다.

"너어어어어어어어!"

일성이 소리를 쳤다.

일부러 청강석이 조각난 곳을 때려 모래먼지를 일으킨 것은 속임수였다.

마지막 한 수를 위해서 펼친 속임수.

이공의 눈이 크게 치켜떠졌다.

피해야 한다.

무형검이 다가오고 있었다.

욱신—

하필 그 순간 자운에게 입은 양 어깨의 상처가 쑤셔왔다.

"제기이이이이일!"

무형검이 일성을 덮쳤다.

콰아아앙—

모래먼지가 일며 일성의 몸이 정확하게 두 조각으로 쪼개졌다.

자운이 웃으며 뒤로 넘어진다.

"헤헤헤헤! 내, 내가 이겼다."

투욱 하는 소리와 함께 자운의 의식이 끊어졌다.

무림의 평화가 결정되었다고 생각되는 순간, 잠자코 있던 독사가 독니를 드러내었다.

"으하하하하하하하!"

자운과 일성이 쓰러지는 것을 본 일공이 크게 웃음을 터뜨렸다.

"하하하하하하하하하핫!"

第八章 남은 반각, 마저 즐겨보도록 할까?

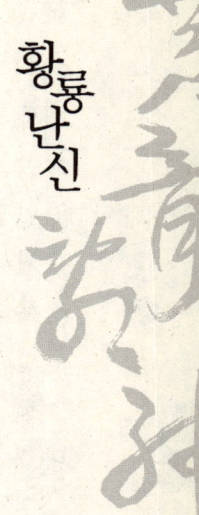

황룡난신

 갑작스러운 일공의 행동에 모든 이의 시선이 일공을 향했다.
 일공과 무림맹의 인사들 사이에는 자운이 쓰러져 있었고, 일성이 몸이 두 쪽으로 갈라진 채로 죽어 있다.
 "뭐가 우습지?"
 남우가 자운에게로 다가가며 물었다.
 설혜 역시 자운의 앞으로 다가가 섰다.
 일공에게서 느껴지는 기세가 평범하지 않았던 탓이다.
 "하하하하! 어찌 웃지 않을 수 있겠느냐. 모든 것이 내 손에서 놀아났는데, 어찌 기뻐서 웃지 않을 수 있겠느냐."

그의 몸에서 기운이 솟구쳤다.

일공의 주변으로 공간이 우그러들기 시작한다.

쩌저저적—

무형검, 그것도 하나둘이 아니다.

설혜와 남우만이 느낄 수 있었다.

총 오십여 개에 달하는 무형검이 일공의 옆에서 생성되었다.

"나는 일성을 죽이지 못한다. 하지만 난신이라면 죽일 수 있지. 하나 일성이 난신을 죽인다면 나는 영원한 이인자로 남지 않겠느냐? 하여 난신을 죽이지 않았다."

그런데 자운과 일성이 양패구상해 버린 것이다.

엄밀히 말하면 자운은 죽지는 않았지만 당장에 숨이 끊어진다고 해도 부족함이 없는 상황이었다.

일공의 말에 남우가 당평청과 남궁인을 향해 눈짓을 했다.

자운을 빨리 안전한 곳으로 데리고 가라는 의미였다.

"네놈은 약속을 지키지 않을 셈이냐?"

일성과 자운의 싸움, 그것을 끝으로 무림에서 더 이상 피를 흘리지 않겠다고 한 약속.

남우가 일공에게 그 약속을 물었다.

일공이 고개를 젖히며 웃음을 터뜨린다.

"하하하하하하! 약속이라니! 그 약속을 내가 했던가? 그 약속을 한 사람이 지금 살아나 있나?"

일공이 두 쪽으로 갈라진 일성을 바라보았다.

"저 녀석 역시 내 손에서 놀아났지. 흐흐흐흐. 결국 무림이라는 것은 내 손에 떨어지게 되어 있는 것이야."

그가 남우와 설혜의 뒤에 있는 자운을 바라보았다.

"안타깝구나. 정도의 구성이었지만 내 계략이 한 수 위였어. 사실 무공도 그보다는 한 수 위지."

자운이 무형검에 접어든 것은 얼마 되지 않았다.

그에 비해서 일공은 자운처럼 허공을 움켜쥐지도 않고 무형검을 쓸 수 있었다.

그렇게 부리는 무형검의 수가 무려 수십 개.

자운보다 몇 줄은 위에 있는 고수였다.

이러한 이를 칭하는 단어가 있다면 바로 고금제일일 것이다.

남우와 설혜가 이를 악물었다.

설혜의 주변으로 북풍한설이 몰아치고, 남우의 주변으로 독정기가 휘감기었다.

"과연 자네들이 나를 얼마나 막을 수 있을까?"

남우와 설혜가 일공을 향해 다가선다.

"일각."

설혜가 냉정하게 판단했다.

차를 한 잔 마실 정도의 짧은 시간.

안타깝기는 했으나 남우 역시 부정하지는 못한다.

아마도 일각 정도 버틸 수 있을 것이다.

일공이 설혜의 말에 고개를 끄덕였다.

"냉정한 아해로다. 무공과 성격이 닮은 것인가?"

적설심법을 익힌 이는 성격이 차가워진다.

물론 적설심법을 대성한다면 다시 본래의 성격으로 돌아오기는 하지만 설혜는 본래 냉정한 편이었다.

남우가 뒤를 돌아보며 남은 인물 셋에게 말했다.

"우리가 벌어줄 수 있는 시간은 단 삼 분이다. 삼 분 안에 자운을 안전한 곳으로 옮겨라. 인정하기 싫지만 저놈이야말로 무림의 구성이다. 아무리 머리를 굴려 봐도 눈앞의 이 영감에게 이길 확률이 일 할 이상 되는 녀석은 그 녀석밖에 없다."

남우가 다시 시선을 일공에게 고정시켰다.

일공이 손을 뻗었다.

"어딜!"

가벼운 움직임에 열 발에 이르는 무형검이 자운을 향해 날아든다.

마치 무형검으로 이기어검을 펼치는 듯하다.

남우가 독정기를 넓게 뿌렸다.

장막을 치듯 독정기가 뿌려진다.

"어딜!"

콰과과과광—

독정기가 출렁이며 무형검을 간신히 막아내었다.

하지만 장막처럼 넓게 펼쳤던 독정기에도 구멍이 숭숭 나 있었다.

일공이 자신의 무형검을 막아낸 남우를 보며 눈을 치켜떴다.

"호오, 제법이구나."

하지만 그것으로 끝이다. 일공이 다시 자운을 노리고 무형검을 뿌렸다.

괴걸왕이 자운을 업은 채로 멀리 내뺐다.

무형검이 그런 괴걸왕의 뒤를 쫓는다.

쩌저저적—

대기가 그대로 얼어붙었다.

얼어붙은 대기의 벽이 무형검을 통째로 얼렸다.

공간을 얼려 버리는 것이다.

무형검이 모습 그대로 얼어붙으며 아래로 떨어져 내렸다.

와장창—

바닥에 떨어진 무형검이 그대로 깨져 나간다.

설혜 역시 무형검을 막았다.

물론 이러한 방법들은 내력 소모가 심하기에 오래 막지 못할 것이다.

그것을 감안해서 일각. 일각이라는 시간 동안 괴걸왕이 자운을 데리고 얼마나 멀리 갈 수 있을까.

'최대한 멀리 가야 할 텐데.'

할 수 있는 데까지 시간을 벌어야 할 것이다.

일공이 남우와 설혜를 바라보았다.

"끝까지 이 늙은이를 보내주지 않을 생각이군."

"늙은이 같은 소리 하고 있네. 늙은 걸 알면 죽지 왜 이렇게까지 살아서 우리를 힘들게 하는 거냐!"

남우의 외침에 일공이 입술을 씰룩였다.

"오만방자한 입술이로고."

그가 손을 들어 올렸다.

부서졌던 수만큼의 무형검이 그대로 다시 솟구쳐 오른다.

"일각이라는 시간, 벌 수 있다면 벌어보아라. 따라잡는 데는 그 절반도 걸리지 않을 테니 말이야."

우르르르—

공기가 떨어졌다.

남우가 침을 꿀꺽 삼켰다.

막아내어야 한다.

일각, 할 수 있다면 그 이상의 시간을 버텨내야 한다.

그것이 이자를 막을 수 있는 마지막 방법이다.

일공이 손가락 끝으로 남우와 설혜를 겨냥했다.

단번에 손가락을 타고 무형검이 쏟아져 내린다.

무형검 전체가 이기어검의 수법으로 움직이고 있었다.

그것이 수십, 수백에 이르는 검의 참격이 되어 쏟아진다.

아무리 초월의 경지에 올라 있다 해도 그것마저 넘어선 신극(神極)의 경지에는 닿을 수가 없다.

신 중에서도 극에 이른 이, 그가 바로 일공이었다.

콰과과과광—

무형검이 비처럼 쏟아졌다.

남우가 몸속의 독정기를 짜내었다. 그리고는 자신의 주변에 휘장처럼 두른다.

독정기의 위로 무형검이 내리꽂혔다.

퍼버버버버벙—

독 기운과 무형검이 연달아 충돌하며 독정기가 출렁였다.

무형검은 남우를 고슴도치로 만들어 버릴 것처럼 쏟아붓는다.

하아아아아—

한기가 불어 닥치며 대기가 얼어붙었다.

허공중에서 떨어지던 무형검의 일부가 그대로 얼어붙는다.

하지만 소용없다.

일공은 원한다면 언제든지 무형검을 다시 만들어낼 수 있는 실력자였다.

샤샤샤샤샤악―

허공에서 비처럼 무형검이 계속해서 쏟아져 내렸다.

일공이 하는 일이라고는 반복적으로 무형검을 만들고 둘을 공격하라는 의념을 전달하는 것뿐이었다.

남우와 설혜가 펄쩍 뛰어올랐다

수십 다발의 무형검이 바닥을 때리자 바닥이 쩌억 갈라진다.

한 발 한 발이 자운이 펼치는 무형검에 비해서는 다소 약했지만, 그 수는 자운에 비해서 월등히 많았다.

자운이 일격필살의 무형검을 휘두르는 것이라면, 일공이 펼치는 무형검을 일격필살이 아니라 무공 그 자체였다.

일공이 익히고 있는 무공 그 자체가 무형검이며 또한 무형검이 무공이다.

위력이 줄어드는 대신 다수를 이용한 초식의 압박이 이어졌다.

무형검이 허공중에서 빙글빙글 회전하며 남우와 설화를 압박했다.

설화와 남우가 펄쩍펄쩍 뛰었다.

무형검이라고는 하나 자운의 무형검과는 다르다.
당연히 차이가 있을 수밖에 없다.
자운이 펼치는 무형검이 어떠한 형상도 존재하지 않아 보이지 않고 감으로 피해야 했다면, 일공의 무형검은 흐릿하게나마 보였다.
그래서 피할 수 있었다.
감으로 파악하고 눈으로 본 후 피한다.
또 한 가지, 그들이 무형검을 피해낼 수 있는 데는 이유가 있었다.
일공이 전심전력을 다하지 않고 있었다.
마치 시간을 즐기듯, 손자 손녀의 재롱을 보듯 그가 남우와 설혜의 움직임을 보고 있었다.
이 경지가 바로 극신에 이른 자들의 경지.
수십 발에 달하는 기운이 남우를 향해 쏘아졌다.
남우는 방금 전에 호흡으로 끌어온 독정기가 다한 터라 한순간 빈틈이 생길 수밖에 없었다.
그가 헛바람을 들이켰다.
남우의 바로 앞 허공이 쩌적 하는 소리와 함께 얼어붙었다.
남우를 향해 날아가던 무형검들이 단번에 대기와 함께 얼어 아래로 떨어져 내렸다.

설혜의 도움이었다.

남우가 다시 호흡을 끌어들이며 설혜를 향해 눈으로 까닥 인사를 해 보였다.

설혜는 그런 인사를 받은 것인지 그렇지 않은 것인지 알 수 없는 무감각한 눈으로 다시 일공을 응시했다.

설혜의 검이 춤을 추듯 풀려 나온다.

북풍한설이 휘감기고 설혜가 시리도록 투명한 검강을 휘둘렀다.

쐐애애애애애액—

푸른 검강의 직도가 내리꽂는다.

설혜의 검을 향해 무형검이 모여들었다.

콰과과과과광—

무형검과 검강이 충돌하며 사방으로 폭음이 비산한다.

공격이 막힌 설혜가 뒤로 물러났다.

일공이 팔짱을 낀 상태로 남우와 설혜를 보며 웃었다.

"자네들의 공격은 나에게 통하지 않네."

분하지만 인정해야 하는가.

그들의 공격이 그에게는 전혀 통하지 않았다.

"크윽."

남우가 두 손을 말아 쥔다.

폐부 깊은 곳에 있던 호흡이 딸려 올라오며 독정기가 양손으로 말아 쥐어졌다.
 남우가 만들어낸 것은 순수한 독정기로 이루어진 창.
 양손만으로 만들어낸 것이 아니다.
 일공이 무형검을 허공에 수십 발 만든 것처럼 독정기로 이루어진 창이 허공에 다섯 발 생겨났다.
 총 일곱 개의 창.
 남우의 얼굴로 땀이 줄줄 흘러내렸다.
 '위력은 무형검보다 약하겠지만…….'
 독 기운은 주변으로 퍼져 나간다.
 공격이 미치는 범위 자체는 무형검보다 독정기의 창이 훨씬 더 넓을 것이다.
 녹흑색의 창이 거무튀튀한 기운을 흘리며 허공에 떠오른 상태로 일공을 향해 날아들었다.
 "흥!"
 일공이 콧방귀를 뀌며 독정기의 창을 향해 무형검을 쏘았다.
 무형검과 독정기의 창이 충돌하며 연신 폭발을 해나간다.
 독정기의 창은 무형검과 폭발할 때마다 힘을 잃어갔다.
 그 길이가 점점 줄어든다.
 하지만 다행인 것은, 터져 나갈 때마다 무형검이 사라지고 있었다.

무형검이 사라지고 남우가 무형검 사이에 길을 열었다.
"설혜!"
남우가 크게 소리치자 설혜가 뛰어올랐다.
단번에 남우가 열어준 길을 향해 얼음의 기둥을 집어 던진다.
콰아아아아—
얼음의 기둥이 아니다. 너무 거대하여 기둥처럼 보이는 것뿐, 시리도록 차가운 기운이 만들어낸 강기였다.
강기가 무형검의 길 사이로 날아든다.
"잔재주를 부리는구나!"
일공이 양손을 교차했다.
강기를 맨손으로 잡을 수 없으니 손 위로 강기를 둘렀다.
수강과 검강이 충돌한다.
쾅—
일공의 몸이 한순간 흔들리기는 했으나, 뒤로 밀려나지는 않았다.
일공이 양손으로 설혜의 검강을 부여잡고, 뒤쪽의 무형검을 움직여 검강을 찢어 발겼다.
회심의 한 수마저 일공 앞에서는 무효로 돌아간 것이다.
"크으으으으."
남우가 신음을 흘렸다.

최소한 상처 정도는 입힐 수 있을 것이라 생각했는데 그것마저 여의치 않은 것이다.

'어떻게 해야 하지?'

눈이 이리저리 움직였다.

방법이 없을까.

방법을 찾아야 한다.

그런 남우의 생각을 읽은 것인지 일공이 씨익 웃었다.

"말했지 않은가. 일각, 자네들은 나를 일각 이상 막을 수 없네."

그가 절대로 그 사실은 변하지 않는 듯 하는 말에 남우의 얼굴이 형편없이 구겨진다.

인정하기 싫지만 사실이다.

아무리 죽어라 용을 쓴다고 해도 일각 이상 버틸 수는 없었다.

"벌써 그 절반이 흘렀지."

반각, 지금 자운을 업고 어디까지 도망을 갔을까?

지금 몸 상태로 보아 당장에 치료를 하지 않으면 자운이 위험했다.

하지만 지금 이 자리에서 치료할 수도 없다.

'살 가능성이 희박하기는 하지만 살아야 한다.'

그래야만 무림을 구할 수 있다.

일 할이 안 된다고는 하지만 마지막 희망이다.
일공이 천천히 무형검을 일으켰다.
"그럼 남은 반각, 마저 즐겨보도록 할까?"

第九章
이제 상황이 또다시 달라지겠군

황룡난신

자운의 의식은 지금 깊은 곳으로 침전하고 있었다.
본의 아니게 육체의 고통을 이겨내기 위해 내면을 침전시키는 것이다.
그와는 반대로, 육체에 담긴 기운은 죽어가는 주인의 육신을 살리기 위해 활발하게 움직였다.
몸에서 선천지기가 솟구친다.
무형검의 경지에 오르면서 그동안 진전이 없던 선천지기의 양이 배는 늘어났다.
그것들이 모조리 몸 구석구석으로 향했다.

이제 상황이 또다시 달라지겠군

하지만 입고 있는 상처가 워낙 위중한 터라 선천지기를 아낌없이 쏟아붓는다고 할지라도 몸의 변화는 거의 없었다.

살이 아물지 않는다.

공간격에 담겨 있는 멸성기의 경력이 맹렬하게 선천지기에 저항을 시작했다.

우드득—

그 저항의 여파가 뻗어 나가며 애먼 뼈가 두둑 부러져 내렸다.

경력과 선천지기의 다툼으로 인해 일어나는 힘 때문에 온몸의 장기가 상하기 시작했다.

이대로 간다면 반각도 지나지 않아 자운의 몸은 더 이상 제 기능을 할 수 없을 것이다.

한 시진 정도가 지난다면 그 자리에서 썩어문드러질 것이다.

남궁인이 뒤에서 괴걸왕의 등에 업혀 있는 자운의 육신을 살폈다.

"잠시, 잠시 쉬어서 무상을 치료해야 하지 않겠소?"

얼마나 도움이 될지는 모르지만 절대의 반열에 오른 고수가 셋이다.

셋이서 힘을 합친다면 임시방편 정도의 방법은 생길 것이다.

그의 말에 괴걸왕이 고개를 절레절레 흔들었다.

"지금은 그 녀석에게서 벗어나는 게 먼저야! 안 그러면 뒤진다고! 뒈져!"

괴걸왕이 다급하게 소리쳤다.

더 빨리 속력을 올려서 일공에게서 최대한 멀어져야 한다.

"하나 그전에 무상이……."

남궁인이 말을 하지 않았다.

하지 않아도 다들 이해한 표정이다.

괴걸왕이 달리는 와중에도 결연한 표정으로 말했다.

"미친놈이 오래 사는 건 알고 있지? 이놈은 미친놈이야. 그러니까 더 오래 살 거야. 지금 산 것보다 더 오래 살 거야. 아마도 분명해."

괴걸왕답게 논리에는 맞지 않는 말이다.

그들이 달리는 동안에도 자운의 의식은 내면 깊은 곳으로 침전했다.

대해와 같은 내공 속에서 노니는 황룡들이 보인다.

자운이 황룡들을 향해서 내려갔다.

'그렇구나. 이곳이 너희가 사는 곳이구나.'

자신의 단전 속, 주인의 의식이 내려오자 황룡들이 반기며 일제히 울음을 터뜨린다.

우우우우우—

자운의 주변으로 황룡들이 이리저리 노닐었다.
 열한 마리의 황룡이 자운을 보듬어 안는다.
 '하지만 얼마나 더 이곳에 있을 수 있을지……'
 자운 역시 알고 있다.
 밖의 상황은 알지 못하지만, 자신의 육체가 죽어가고 있다는 사실 하나만큼은 알고 있었다.
 하지만 의식이 수면 위로 부상하지 않는다.
 의식이 돌아와야 어떻게든 수를 써볼 텐데 육체가 의식이 부상하는 것을 막았다.
 몸이 붕괴되는 고통을 정신이 견딜 수 없을 것이라 판단했기 때문이다.
 아무리 자운의 정신력이라 할지라도 온몸이 붕괴되는 고통을 겪는다면 광인이 되어버릴 것이다.
 자운의 생각에 패룡이 다가왔다. 그리고는 머리끝으로 자운을 툭툭 민다.
 '뭐하는 거야?'
 자운이 물었으나 패룡은 답하지 않고 자운을 계속해서 떠밀었다.
 우우우우─
 패룡만이 아니다. 다른 용들 역시 자운을 떠밀었다.
 자운이 용들에게 떠밀리듯 의식의 더욱 깊은 곳으로 내려갔다.

'이곳은……'

환한 빛에 둘러싸인 곳, 자운이 도달한 곳은 처음으로 패룡이 깨어난 곳이었다.

그곳에 있는 순백의 알, 여의옥.

자운이 여의옥을 향해 다가갔다.

황룡무상십이강은 모두 열두 마리의 황룡을 부리는 것이다.

자운의 육체를 치료하는 선천지기가 점점 바닥이 나기 시작한다.

자운이 마지막 여의옥을 향해 다가갔다.

그리고 여의옥을 가볍게 쓰다듬었다.

'너를 잊고 있었구나.'

우우우우웅―

여의옥이 잘게 떨리기 시작한다.

자운이 계속해서 여의옥을 쓰다듬었다.

생명을 유지하는 최소한의 선천지기도 남지 않았는데, 육체의 붕괴는 계속해서 이루어졌다.

우우우우웅—
여의옥이 진동을 하며 환한 빛을 뿜어내기 시작한다.

선천지기가 모조리 바닥이 났다.
이대로라면 더 이상 생명을 영위하지도 못할 것이고 육체 역시 곧 붕괴될 것이다.

선천지기가 바닥나는 순간, 여의옥의 떨림이 멎었다.
환한 빛이 여의옥에서 뿜어져 나오기 시작한다.
자운이 그 기운을 느끼고 놀란 듯 눈을 크게 치켜떴다.
'이건?'

선기(仙氣), 자운의 몸에서 새하얀 기운이 흘러나온다.
그 기운이 자운을 휘감았다.

'선기?'
자운의 의문을 표하는 순간, 여의옥에서 뿜어져 나온 선기가 대해와 같은 단전을 가득 채우는 동시에 몸으로 뻗어나갔다.
굽이쳐 흐르며 선천지기를 보충한다.

선천지기가 무한대라도 되는 것처럼 자운의 몸에서 쏟아져 나왔다.

상처가 단박에 치료된다.

쩌저적—

여의옥에 금이 갔다.

그리고…….

마지막 황룡이 깨어났다.

콰아아아아아—

자운의 신형이 환한 빛에 휩싸였다.

온몸에서 줄기줄기 뿜어지는 기운이 사방으로 뻗어나간다.

갑작스럽게 뿜어지는 기운에 괴걸왕이 자운을 떨어뜨렸다.

"깜짝이야! 이게 뭐야?"

괴걸왕이 뒤를 돌아서 자운을 바라보자, 남궁인과 당평청이 멍한 눈으로 자운을 바라보고 있는 것이 보였다.

자운의 신형이 허공으로 떠올랐다.

환한 빛을 뿜어내는 자운의 몸에서 그 무엇보다 깨끗한 기운이 흘러나온다.

쏴아아아아—

선기 속에서 선천지기가 솟구쳤다.

솟구쳐 오른 선천지기가 멸성기의 기운을 몰아내기 시작한다.

멸성기가 거칠게 저항했다.

우우우웅—

그 저항을 선기가 막았다.

선기가 모든 멸성기를 움켜쥐고 몸 밖으로 밀어냈었다.

자운의 몸에서 솟구치는 기운에 남궁인과 당평청이 놀라서 중얼거렸다.

"선기?"

"…선기?"

괴걸왕이 잠시 후에 중얼거린다.

"허허, 미친놈도 신선이 되는구나. 아니, 반선인가?"

엄밀히 말하면 신선은 아닐 것이다.

반선, 자운의 몸에서 솟구치는 폭풍 같은 선기에 몸 전체의 상처가 치료되었다.

하나 기사는 거기서 끝나지 않았다.

자운의 발끝이 분해되어 사라진다.

엄청난 선기를 이기지 못하고 인간의 육신이 붕괴되는 것이다.

"헛!"

남궁인이 붕괴되는 자운의 육신을 보고 놀라 소리쳤다.

발끝에서 무릎으로, 무릎에서 허리로 자운의 육신이 가루가 되어 사라졌다.

"저… 저……!!"

하지만 남궁인은 곧 더 놀라 눈을 크게 치켜떠야 했다.

붕괴되었던 발끝이 재생되고 있었다.

하늘에서 휘날리는 금빛 가루와 백색 가루가 자운을 향해 모여들었다.

다시 다리를 일구기 시작한다.

발끝이 생겨나고, 무릎이 생겨나며, 허리가 생겼다.

상반신에서도 역시 같은 현상이 진행되기 시작했다.

인간의 육체를 버리고 신으로 화하는 것이다.

뇌와 심장을 제외한 육체가 모조리 화신으로 변했다.

우우우우우우웅—

자운의 몸을 열한 마리의 황룡이 뛰어나와 휘감았다.

그리고 마지막 열두 번째 황룡.

선룡이 뛰쳐나오는 순간, 자운의 눈이 번쩍 뜨여졌다.

우우우우우—

열두 마리의 황룡이 일제히 울었다.

자운이 금안을 번득이며 바닥에 내려선다.

이제 상황이 또다시 달라지겠군

당평청과 괴걸왕, 남궁인이 자운을 바라보며 말을 잇지 못했다.

그런 그들을 향해 자운이 장난스럽게 중얼거렸다.

"왜? 못 볼 거라도 봤냐?"

자운의 말에 괴걸왕이 무어라 소리치려 하는 순간, 자운이 검지를 들어 조용히 하라는 신호를 보였다.

그의 시선이 뒤를 향한다.

남우와 설혜가 일공과 맞서고 있는 방향이다.

엄청난 거리로 떨어져 있는 것이 분명한데 눈에 똑똑히 보인다.

불가의 육신통 중 천신통이 열린 듯했다.

천 리 밖을 내다보는 눈, 자운의 눈이 그들을 살폈다.

"감히 나를 제 손바닥 위에서 가지고 놀려고 해?"

자운의 몸 주변을 휘감고 있던 황룡들이 일제히 사라졌다.

그리고 자운이 발끝을 드는 순간, 신형이 사라진다.

곧이어 자운의 손에 잡혀 남궁인과 괴걸왕, 그리고 당평청의 신형도 그 자리에서 사라졌다.

* * *

남우가 금방이라도 떨어져 나갈 듯 찢어진 어깨를 부여잡으며 일공을 노려보았다.

"크윽!"

설혜는 제자리에 주저앉아서 일어나지 못하고 있다.

그녀의 양다리가 무형검에 꿰뚫려 바닥에 고정된 것이다.

피가 줄줄 흘러나온다.

일공이 허공에 서서 그런 그들을 내려다보았다.

"자, 이제 일각이라는 시각이 끝났다. 재롱에 종지부를 찍을 때가 되었구나."

'고작 재롱이었다니……'

자신들의 무위가 일공에게 있어서는 고작 재롱 그 이상도 이하도 아니라는 말인가.

갑자기 회의감이 들었다.

이런 자가 지금의 무림에 아직 존재하고 있었다.

그것도 일성이라는 거대한 별의 그림자 밑에서 이제껏 숨을 죽이고 있었다.

그의 이야기대로라면 적성도, 붉은 별을 이끌었던 일성조차 그의 손아귀에서 놀아났다는 말이었다.

그 정도의 고수가 아직도 이 무림에 남아 있었다니!

남우와 설혜는 까마득한 곳에서 자신을 내려다보는 일공이란 자의 무위를 차마 쳐다볼 수도 없었다.

일공이 손을 들어 올린다.
허공에 수십 다발에 이르는 무형검이 떠올랐다.
흐릿하게 형체만 보이는 무형검이지만, 거기서 뻗어나오는 무형지기가 얼마나 대단한지는 알고 있다.
온몸에 소름이 돋는다.
저릿저릿한 기운이 전신으로 뻗어 나갔다.
막을 수 있을까.
내가 막을 수 있을까.
많은 고민이 들었다.
하지만 막아야 한다.
막아내어야 한다.
조금이라도 시간을 더 벌어야 한다.
목숨을 내던져서 시간을 번다면 그만큼 자운은 조금 더 안전해질 수 있었다.
그들이 그렇게 생각하며 기운을 끌어올린다.
독정기와 얼음이 방패와 방벽처럼 눈앞에서 솟구쳤다.
"재롱은 이미 끝났다고 했을 텐데?"
일공의 손이 남우와 설혜를 향하는 순간, 무형검이 비처럼 쏟아졌다.
파바바바바바바바박—
수십 다발에 이르는 무형검이 방벽과 방패를 후려쳤다.

단번에 독정기에 구멍이 나고 얼음의 벽이 무너져 내린다.
아직도 힘을 잃지 않은 무형검이 떨어져 내렸다.
닿는 순간 전신이 난자되어 버릴 정도의 엄청난 개수였다.
그들이 죽음을 실감한 순간, 황룡이 그들의 앞으로 내려섰다.
콰과과과광—
금강불괴에 준하는 경도를 자랑한다는 호룡이다.
호룡이 긴 몸통을 꿈틀거리며 모든 무형검을 막아내었다.
동시에 남우와 설혜의 몸이 환한 빛에 휩싸인다.
선기였다.
선기가 그들을 휘감자 온몸에 나 있던 상처가 사라진다.
무형검에 당한 상처 역시 깨끗하게 사라졌다.
그들의 앞으로 서광에 휩싸인 자운이 내려섰다.
일공의 눈썹이 꿈틀하고 움직인다.
남우와 설혜는 자신들에게 일어난 상황이 이해가 안 된다는 듯 얼떨떨해져 몸을 내려다보았다.
그 많던 상처가 사라졌다.
외상뿐만이 아니다.
내상 역시 사라지고, 몸에서는 새로운 힘이 치솟아 올랐다.
"이, 이게 대체……."
남우가 말을 잇지 못하고 자운을 바라보았다.

자운이 남우를 향해 씨익 웃었다.
"오래 기다렸냐?"
자운의 말에 남우가 빽 소리쳤다.
"씨팔! 정말 죽는 줄 알았다, 이 새끼야!"
자운이 얼마나 까마득하게 높은 경지에 오른 것인지 전혀 읽히지 않는다.
분명한 것은 그가 더더욱 강해졌다는 것이다.
어떠한 수를 썼는지 모르지만 자운이 또다시 벽을 넘었다.
일공이 자운을 보며 물었다.
"벽을 넘었나?"
자운이 고개를 끄덕인다.
"그래, 이 새끼야."
자신을 이용해 일성을 친 일공이다.
자운이 기분 나쁘다는 눈빛으로 일공을 노려보았다.
"감히 나를 이용해? 그 대가로 네 목을 끊어주지."
일공이 웃는다.
"너는 이제 나와 같은 경지에 올랐을 뿐이지. 나에게 승리를 장담할 수 있는 경지가 아닐 텐데?"
그의 말에 자운이 히죽 웃었다.
"아니, 내가 이겨."

근거 있는 자신감인가?

그 자신감에 기분 나쁜 일공이 기운을 끌어올렸다.

엄청난 양의 무형검이 자운을 향해 쏟아진다.

콰콰콰콰광—

자운은 피하지 않았다.

그 자리에서 어떠한 행동도 하지 않고 무형검에 격중당했다.

온몸이 무형검에 난자당한다.

난자당하지 않은 곳이 있다면 머리와 심장뿐이다.

자운의 몸이 가루가 되어 사라졌다.

무형검에 당한 상처들이 모조리 사라지고, 자운의 몸이 금빛 가루에서 다시 재생되기 시작한다.

당황한 일공이 소리친다.

"뭐냐, 그 몸은?!"

"화신."

자운은 알고 있다.

자신은 머리와 심장을 제외하고 이미 사람의 몸이 아니다.

부서지면 재생하고, 상처 입어도 재생한다.

마치 도마뱀과 같지 않은가?

머리와 심장이 무사하다면 몸이 수십, 수백 번 조각나도 재생할 수 있었다.

이제 상황이 또다시 달라지겠군

"화신, 인간의 육체를 버린 것이냐?"

자운이 고개를 끄덕였다.

"어쩌다 보니까."

인간이되 인간이 아니다.

하여 반선(半仙).

반은 인간이고 반은 신선인 존재.

많은 이들이 잘못 알고 있는 반선에 관한 이야기 중 하나가 신선이 되기 직전 단계가 반선이라는 점이다.

하지만 반선은 그런 것이 아니다.

스스로 신선에 접어드는 것을 거부한 존재들이 이르는 경지가 반선이었다.

가진 바 힘은 신선이라 불리는 이들에 준하면서 인간과 같다.

오욕칠정을 가지고 있으며 또한 신선과 같이 선기를 부릴 수 있다.

그러한 존재들이 반선.

당금무림에서 반선의 경지에 오른 유일한 존재가 바로 자운인 것이다.

일공은 반선은 아니지만 신극, 엄밀히 말해 자운과 이루고 있는 경지가 같다.

다만 익힌 무공의 차이로 인해서 그 경지를 나누는 이름이 갈라졌을 뿐이다.

"흐흐흐, 반선이라니······. 너는 그럼 머리와 심장을 버리지 못했겠구나."

그 때문인지 그가 단번에 자운의 약점을 알아차렸다.

하지만 숨길 생각도 없었던 자운이 선선히 고개를 끄덕였다.

"어."

머리와 심장은 약점이다.

하지만 달리 말하면 머리와 심장을 제외한 그 어느 곳도 약점이 아니라는 말이 된다.

"흐흐흐, 좋다. 어울려 보자꾸나. 이전의 싸움이 몸 풀기였다면, 지금부터는 진짜로 무림의 운명을 가르는 싸움을 시작해 보자."

일성이 무형검을 일으켰다. 또한 같은 기운을 일으켜 온몸에 갑옷처럼 둘렀다.

무형갑!

무형검이 자운을 향해 쏘아진다.

자운이 선기를 뿜었다. 그리고는 가볍게 허공을 움켜쥔다.

거대한 무형검이 형성되고, 그 위로 선기가 덧씌워졌다.

콰앙—

거대한 무형검과 무형검 다발이 연달아 충돌했다.

폭음이 쉬지 않고 터져 나왔다.

자운과 일공의 몸이 한번 충돌할 때마다 크게 출렁였다.

자운의 몸으로 무형검이 박혀든다.

심장을 노리고 날아드는 무형검들이지만 자운은 몸을 비트는 것만으로 피해 버린다.

무형검이 자운의 어깨에 박혔다.

어깨가 가루가 되어 사라지더니 어느 순간 스르륵 하고 복원된다.

상처를 입지 않는다. 하여 불사.

반선이 된 육체는 또한 늙지도 않는다. 하여 불노.

불노와 불사의 육신이 자운을 이끌었다.

자운이 다시 무형검을 하나 더 말아 줬었다.

쿵—

거대한 무형검이 이공의 무형검을 후려쳤다.

하지만 이공 역시 멀쩡하다.

이공은 반선이 아니라 신극에 올랐다.

인간으로서 무공으로 이룰 수 있는 극, 그 끝에 도달한 것이다.

반선이 된 자운과 같은 육체는 아니었지만, 금강불괴 이상의 것을 얻었다.

만독불침 이상의 것도 얻었다.

한서불침 이상의 것도 얻었다.

그렇게 얻어지는 육체가 바로 신극.

무림에 다시는 유래가 없을 존재들이 바로 자운과 일공이었다.

신극과 반선의 경지에 오른 사람들은 몇 백 년에 한 명 날까 말까 한 존재들이다.

그들은 단 한 번도 같은 세대에 난 적이 없었다.

당금 세대를 제외하면 말이다.

무림에 다시 유래가 없을 충돌이 바로 반선과 신극의 충돌이다.

자운이 손을 휘저었다.

휘류류류류류—

선기가 딸려 들어오며 자운의 손으로 밀집된다.

밀집된 선기가 무형검을 감싸 안았다. 자운이 부리는 무형검은 한 손에 하나씩 두 자루.

일공이 부리는 무형검은 수십 자루였다.

훨씬 불리해 보이나 자운의 무형검은 크고 강했다.

일공의 무형검은 작고 빨랐으나 자운의 무형검만큼 강하지는 못했다.

일장일단.

장점과 단점이 공존하는 두 무형검의 형태 때문인지 쉬이 결론이 나지 않는다.

콰아아앙—

자운의 몸이 들썩이며 뒤로 밀려났다.

하지만 곧 자운이 다시 앞으로 걸어나온다.

이공이 두르고 있는 무형갑이 흔들렸다.

하나 부서지지는 않았다.

불노불사의 육체와 절대로 붕괴되지 않는 갑옷의 충돌이 저러할까?

단순한 움직임에 하늘이 갈라졌다.

일성과 자운의 대결을 보고 신들의 전투와 같다고 했는가?

그렇다면 지금 이것은 무엇이라 말해야 할까?

신마저 아득히 초월한 존재들이 있다면 바로 그런 이들의 싸움이다.

자운이 다시 무형검을 움켜쥐었다.

두 개의 무형검이 하나의 공간에서 합쳐지기 시작한다.

그 크기가 더욱 거대해졌다.

선기가 거대한 무형검을 휩쌌다.

자운의 뒤에서 선룡이 울음을 쏟아낸다.

우우우우우우우—

선기가 더욱 농밀해지고, 자운이 거대한 무형검을 움켜쥔 채로 움직였다.

스걱—

하늘이 정확하게 무형검의 궤적에 따라 갈라졌다. 일공이 무형검을 움직여 자신을 향해 다가오는 무형검에 충돌시켰다.

콰과과과광—

작은 무형검 수십 다발과 거대한 무형검이 충돌했다.

힘의 대결.

하지만 힘에서는 자운의 무형검이 앞선다. 조금씩이나마 무형검이 일공을 향해 날아갔다.

일공이 몸에 두르고 있는 무형갑을 더욱 강하게 했다.

그리고 극신에 이른 육체에 긴장감을 가득 뿌려 넣었다.

근육이 단단하게 변한다.

'견뎌낸다.'

일공이 마음을 먹는 순간, 육체가 의지를 받들었다.

콰앙—

천지를 진동시키는 폭음과 함께 자운의 무형검이 무형갑에 막혔다.

더 이상 나아가지 않는다.

서로를 죽일 기세로 무형검을 펼쳐내고는 있었지만 통하

이제 상황이 또다시 달라지겠군

지 않았다.

상대방을 죽이기 위해서는 무형검보다 더한 것이 필요했다.

"흐흐흐, 네 녀석이 가진 것은 무형검과 선기가 전부냐?"

그의 말에 자운이 눈썹을 꿈틀 움직였다.

"그러는 너는 뭐 더 가진 거라도 있냐? 무형검이랑 단단한 몸뚱이 말고 말이야."

자운의 말에 일공이 당연하다는 듯 고개를 끄덕였다.

"물론이네."

일공이 무형검을 만들었다.

무형검이 자운을 향하는 순간, 자운의 눈앞에서 무형검이 획 사라진다.

자운이 다급하게 허리를 비틀었다. 심장 바로 옆을 무형검이 지나갔다.

자운이 놀라 눈을 크게 떴다.

"공간격?"

무형검을 공간격으로 펼쳐?

그야말로 일격필살.

자운이 공간격을 겪어보지 못했더라면 이야기가 전혀 달라졌을 것이다.

방금 전의 한 수에 심장에 무형검이 박혀들 것이다.

심장이 부서진 이상 화신은 더 이상 재생하지 못할 것이 분명했고, 그 자리에서 절명했을 것이다.
자운이 이를 으득 갈았다
일공이 여유로운 표정으로 아래를 내려다보며 말했다.
"이제 상황이 또다시 달라지겠군."

第十章 심검(心劍)

황룡난신

 무형검이 허공으로 떠올랐다.
 수십 발의 무형검이 그대로 공간을 넘어 자운의 심장을 향한다.
 자운이 몸을 틀었다.
 무형검이 연달아 자운의 복부에 박혀들고, 자운의 몸이 주르륵 뒤로 밀려났다.
 복부에 연달아 무형검이 박혀든다.
 상처를 입는 순간 육체가 재생되었다.
 화신에 이른 육체가 빠른 속도로 재생시키는 것이다.

일공은 계속해서 심장과 머리를 노릴 것이 분명했다.
"호룡."
자운이 호룡을 불렀다.
효룡이 자운의 부름에 가볍게 울더니 몸을 칭칭 휘감았다.
우우우우우우—
호룡이 만들어낸 공간은 자운의 영역이다.
놈이 호룡을 넘어서까지 공간을 펼칠 수는 없을 것이 분명했다.
하지만 그것만으로도 안심이 되지 않아 공룡을 불러내었다.
자운의 앞에 쩌억 공간이 벌어진다.
머리를 향해 열리는 공간, 자운이 공룡에 의지를 전달했다.
키이이잉—
공간이 열리려는 힘 위로 공간을 닫으려는 힘이 덧씌워졌다.
"제법이군."
일공이 입꼬리를 말아 올린다.
"공간격을 펼칠 줄은 모르지만 이 정도는 할 줄 알지."
자운이 말을 하며 머리를 굴렸다.
상황이 불리해졌다.
놈을 이기기 위해서는 다른 수가 필요했다.

머리가 맹렬하게 회전하기 시작한다.

무슨 수를 쓸 수 있을까.

자신이 가진 패를 머릿속 주르륵 나열했다.

첫 번째로 무형검이 있다.

두 번째로 반선의 경지에 올라 무한에 가깝게 재생되는 육체가 있다.

그리고 마지막으로 선기가 있다.

선기와 마기는 상극이다.

일공이 사용하는 마기에 역시 선기는 상극이었다.

이 셋을 어떻게 조합할 수 있다는 말인가.

자운이 빠르게 머리를 굴렸다.

하지만 별달리 뾰족한 수가 나오지는 않았다.

쾅—

다시 공간격이 날아왔다.

자운이 호룡을 이용해 공간격을 방어했다.

하지만 무차별적으로 쏟아지는 공간격을 모조리 피해내는 것은 무리다.

콰과과과광—

허공에서 비처럼 무형검이 떨어져 내리고,

중간 중간 자운의 심장을 노리고 공간이 열렸다.

무형검은 무시해도 상관이 없었지만, 그 중간을 노리고 심장과 머리를 향해 날아드는 공간격은 무시할 수 없었다.

자운이 호룡을 움직여 공간격을 막아낸다.

공룡을 이용해 열리는 공간을 사전에 차단했다.

그렇다 해도 수가 너무나 많았다.

자운이 무형검을 움켜쥐고 휘둘렀다.

화아아악—

단번에 세상이 둘로 쪼개져 나간다.

쪼개진 세상을 넘어서 자운이 일공 앞으로 날아들었다.

공격은 최대의 방어다.

통하지 않는다고 해서 언제까지고 당하고만 있을 수는 없었다.

계속해서 공격을 하다 보면 수는 생길 것이 분명했다.

자운의 무형검이 빠르게 일공의 몸을 후려쳤다.

일공이 무형갑을 이용해 자운의 공격을 막아낸다.

흔들리기는 했으나 무형갑은 부서지지 않았다.

같은 수준의 기운으로 이루어져 있으니 파고들지 못하는 것이다.

선기와 마기가 충돌하며 하늘에서 벼락이 떨어져 내렸다.

콰르르릉—

다른 이들은 자운에게서 약 백여 장은 떨어져 있었다.

더 이상 가까이 다가가면 저 싸움에 휩쓸리게 될지도 몰랐기 때문이다.

　괴걸왕과 남궁인, 그리고 당평청이 그나마 백 장 거리 안에 있을 수 있었던 것은 전적으로 설혜와 남우의 도움이었다.

　두 사람이 미리 경력을 한번 차단하는 터에 둘의 움직임을 볼 수 있었다.

　사실 눈에 보이는 것도 별로 없었다.

　번쩍번쩍하는 순간 하늘이 쪼개지고 바닥이 뒤집어졌다.

　두 사람이 싸우는 것만으로 세상이 멸망하는 느낌이 들었다.

　'허허허, 사람이 아니로다.'

　남궁인이 중얼거리는 사이, 자운이 무형검을 해제와 생성을 반복하며 빠르게 공방을 주고받았다.

　콰르르릉—

　번개가 떨어져 내린다.

　공룡이 공간을 차단했다. 공간격이 열리다 말고 사라졌다.

　'무형갑을 넘을 수 있는 방법이 무엇이 있을까?

　공간격이라면 무형검을 넘을 수 있을까?

　공간격을 익히면 일공을 쓰러뜨릴 수 있는가?

　아니다.

　자운이 절레절레 고개를 흔들었다.

　공간격으로는 부족하다.

무형갑의 내부는 완전히 일공의 영역이라 할 수 있었다.

그 공간 속에서 공간격을 펼치는 것은 무리다.

일공이 호룡과 공룡이 관장하는 공간 속에서는 쉬이 공간격을 펼치지 못하는 것과 같은 이치였다.

그렇다면 그것보다 더한 것은 무엇이 있을까?

공간격과 무형검보다 더 높은 것.

하나밖에 없다.

바로 심검(心劍).

마음으로써 검을 이루고 마음으로써 사람을 벤다는 경지.

그 경지만이 일공을 쓰러뜨릴 수 있다.

'하지만 너무 멀다.'

무림 역사상 심검은 말로써 전해지는 경지일 뿐 존재의 유무도 확실하지 않았다.

그런 심검에 올라야 한다니, 이건 말도 안 되는 것이다.

'다른 방법이 없을까?'

자운이 머리를 굴렸다.

머리를 굴리는 와중에도 몸은 쉬지 않고 움직였다.

양손으로 펼쳐내는 공간격이 일공을 후려쳤다.

일공이 바닥에 떨어진다. 하지만 상처는 역시 하나도 없는 모습이다.

일공 역시 자운을 죽이기 위해 빠르게 머리를 굴리고 있는 중이었다.

무형갑과 무형검을 동시에 운용하니 내력이 엄청나게 필요했다.

그의 나이가 삼백에 다다라 가는 만큼 내력의 양은 천 년에 버금갈 정도로 대단했으나, 그 천 년의 내력으로도 오래 유지할 수 없었다.

앞으로 반 시진, 길어야 반 시진 정도 더 유지할 수 있을 것이다.

'그전에 결판을 봐야 한다.'

자운과 일공의 눈이 동시에 반짝 움직였다.

투쾅―

자운이 날아가 거대한 바위에 몸을 충돌했다.

하지만 아무런 부상도 없이 멀쩡하게 일어난다.

일공 역시 바위 속에 파묻혔지만 곧 먼지를 털며 대수롭지 않게 몸을 일으켰다.

자운과 일공이 서로를 향해서 다가간다.

'심검이란 무엇일까.'

자운이 일공을 꺾기 위해 머리를 굴렸다.

자운의 손에서 뻗어진 무형검이 일공을 때리고, 일공이 공간격을 날렸다.

자운이 허리를 비틀어 일공의 공간격을 피한다.

그와 동시에 자운의 앞으로 수십 개의 공간이 열렸다.
주룡이 공간을 차단했다.
미처 모두 차단하지 못한 공격을 모조리 호룡이 막았다.
파바바방—
호룡이 꿈틀거리며 공간격을 막아낸다.
호룡의 몸이 한순간 휘청했다.
자운이 똬리를 튼 호룡 사이에서 허공으로 솟구쳤다.
호룡이 빠르게 자운의 뒤를 따라왔다.
강력하게 뿌리는 무형검이 바닥을 십자 형태로 내려찍었다.
콰르르릉—
바닥이 움푹 파여 들었다.
심검이란 말 그대로 마음의 검이다.
'마음으로 검을 형상화한다고 하면 무형검과 다를 바가 없지 않은가.'
그것과는 무언가가 다른 것일까?
자운이 자신의 손에 생성된 무형검을 내려다보았다.
심검과 무형검의 차이, 그것이 무엇인가.
무형검 역시 의념으로 만들어진 검이다.
한데 심검보다는 낮은 경지라고 한다.
왜일까?

의념과 마음은 다른 것인가?

일공의 무형검이 자운을 향해서 날아들었다.

파바바바밧—

자운의 몸이 무형검에 난도질되듯 꿰뚫린다.

하나 곧 재생되었다.

몸이 재생되는 것 역시 마찬가지였다.

자운의 의지에 선기가 반응하고 몸이 재생되는 것이다.

'이것과는 또 다른 것인가?'

움켜쥔 무형검을 휘둘렀다.

일공의 몸이 무형검에 맞아 아래로 추락한다.

하지만 별 상처는 없겠지.

계속해서 공격하고 있지만, 일공의 무형갑은 무너질 기미를 보이지 않았다.

아무래도 조금 벅찰 듯하다.

'골치 아프군.'

결국에는 무형검보다 더한 것이 아니라면 일공을 쓰러뜨릴 수 없다는 결론이 나온다.

자운이 생각을 끝내는 순간, 자운의 몸이 바닥으로 추락했다.

퍼버버벅—

무형검이 자운의 몸에 박혀든 것이다.

다행히 심장과 머리를 보호했기에 바닥으로 떨어진 육신이 곧 재생되었다.

금빛 가루가 모여들며 자운의 몸이 새롭게 구성된다.

'심검이 무엇인가.'

답이 나오지 않는 화두다.

간단하게 말하자면 마음의 검이다.

하지만 마음의 검이 어찌하여 무형검과는 다른 것인지 이해가 가지 않았다.

'이해를 하지 말아야 하는 것인가.'

무학이라는 것은 머리로 이해하는 것이 아니다. 느끼고 몸으로 펼쳐내는 것이다.

그런 관점에서 자운이 심검에 대해서 생각하고 있는 것은 굉장히 쓸데없는 일이라 할 수 있었다.

깨달음이란 연구해서 오는 것이 아니다.

노력의 순간, 갑작스럽게 찾아오는 경우가 대부분이다.

그것도 자운 정도의 경지에 오른 인물이라면 더했다.

자운이 고개를 흔들었다.

'하지만 그것이 아니라면 눈앞의 적을 쓰러뜨릴 방법이 없다.'

어찌해야 하는가.

머릿속은 이미 심검이라는 화두가 꽉 들어찬 지 오래였다.

하지만 무형검 때와 같이 몸이 자동으로 반응하는 일은 없었다.
단지 화두만이 던져졌을 뿐, 이 화두가 계속해서 이어진다면 심마가 될 것이고, 입마에 들어서게 될 것이다.
인간을 버리지 못한 자운에게 반선의 경지라고는 하지만 입마는 피할 수 없었다.
그런 점에서 자운은 지금 양날의 검 위에서 위태롭게 전투를 이겨나가고 있었다.
일공의 공간격이 날아온다.
자운이 공간격을 마주 보았다.
필요한 것은 공간격인가?
공간격을 익히지 못했기 때문에 심검에 접어들지 못하는 것인가?
허리를 비틀자 공간격이 어깨를 관통한다.
하지만 곧 재생되었다.
끝이 나지 않을 싸움이다.
오래도록 이어가고자 한다면 둘 모두 지쳐 쓰러지는 순간까지 이어갈 수 있을 것이다.
자운이 날아오는 무형검들을 몸으로 받아내었다.
피해야 할 곳은 머리와 심장뿐이다.
둘을 조심하기만 한다면 몸이야 마음이 이끌어 구성하는

화신이니 무한으로 재생이 된다.
 '몸을 마음이 이끈다고?'
 문득 떠올린 생각이 화두가 되었다.
 하나 머리로 가득 퍼져 나가지는 않는다. 무언가가 부족하다는 생각이 들었다.
 이 화두가 스스로를 심검에 올려놓을 수 있을지 없을지는 알 수 없다.
 그저 자그마한 화두였을 뿐이다.
 하지만 자운은 그 화두로 변화를 이끌어내고자 했다.
 '잡념이 너무 많아.'
 하지만 그렇게 하기에는 잡념이 너무 많다.
 자운이 마음을 비우고자 했다.
 본래 비우고자 하면 더 빨리 차오르는 법이다.
 '나가라.'
 자운이 의지를 전달했다.
 의지가 손끝까지 빠르게 뻗어나가 온몸을 채운다.
 온몸을 채운 의지는 다시 돌고 돌아 마음으로 향했다.
 일공이 손을 들어 올렸다.
 일공의 손끝에서 솟구친 무형검이 자운의 심장을 향해 벼락처럼 떨어졌다.
 쐐애애애액―

귀청을 가르는 소리가 허공을 갈랐다.

동시에 섬전처럼 허공에서 무형검의 다발이 자운에게 내리꽂힌다.

자운의 머릿속에 있는 잡념들이 자운의 의지에 이끌렸다.

의지는 잡념을 이끌어 독을 배출하듯 밖으로 뿜어낸다.

그 순간에도 무형검은 자운의 코앞을 향해서 짓쳐들고 있었다.

하지만 자운은 움직이지 않았다.

단지 강기로 심장과 머리만을 단단히 보호할 뿐이었다.

잡념은 모조리 자운의 의지에 따라 배출되고, 남은 것은 오로지 검이었다.

자운의 마음속으로 검이 두둥실 떠올랐다.

자운이 허공을 움켜쥔다.

츠츠츠츠츳—

사방으로 공간이 갈라지며 하나의 검이 모습을 드러내었다.

평범한 무형검.

일공이 그것을 보고 웃음을 짓는다.

"하하하하하하하! 그까짓 무형검으로 무엇을 하겠다는 거냐."

하나 자운의 행동은 거기서 끝나는 것이 아니었다.

자운의 몸 위로 솟구친 선룡이 울음을 터뜨린다.
우우우우—
사방으로 선기가 뿜어져 나가고, 안개와 같이 뿜어져 나간 선기가 자운을 감쌌다.
그리고 자운의 몸 위로 무형검이 틀어박힌다.
파바바바박—
자운을 바라보던 남우가 소리쳤다.
"야!"
하지만 자운의 몸은 전혀 움직임이 없다.
빽빽이 무형검이 틀어박힌 모습이 마치 고슴도치와 같다. 그 순간,
자운의 몸에서 환한 빛이 터져 나왔다.
몸을 이끄는 것은 마음이다.
자운의 마음이 자신의 몸에 틀어박힌 무형검을 거부했다.
일공의 무형검이 밖으로 밀려나오기 시작한다.
일공이 그 사실을 발견하고는 손을 뻗었다.
무형검을 더욱 깊숙이 박아 넣기 위함이다.
"허튼 반항을!"
일공의 손에서 쏘아진 세찬 기파가 자운을 찌르고 있는 무형검을 압박했다.
하지만 그럼에도 불구하고 무형검은 조금씩 밖으로 밀려

나왔다.

"으윽."

일공의 손에서 힘줄이 돋아났다.

하나 그가 아무리 용을 써도 해도 무형검은 밀려나온다.

마치 일공이 얼마의 힘을 쓰든 전혀 구애받지 않는다는 듯 천천히 본래의 속도를 유지하며 밖으로 밀려 나왔다.

자운의 몸에서 터져 나오는 환한 빛이 더욱더 강력해졌다.

'검은 나의 신체다.'

무공을 익힌 자라면 누구든 들기를 원하는 경지가 신검합일이다.

하지만 자운은 옛날 옛적 소싯적에 신검합일을 넘어섰다.

그런 그에게 신검합일의 무리는 아무런 도움이 되지 않는다. 하지만 지금만큼은 달랐다.

자운에게 있어서 매우 간단한 그 무리가 합쳐졌다.

몸을 이끄는 것은 마음이고 검 또한 육체다.

검을 이끄는 것 역시 마음이다

지금 자운의 손에 들려 있는 허공검 역시 검이 아닌가.

자운의 주위에서 안개처럼 퍼져 있던 선기들이 공명하며 잘게 떨었다.

우우우우웅—

일공이 자운을 향해 발광하며 소리쳤다.

그의 양손에는 힘줄이 가득히 돋아 있었고, 목소리는 악을 쓰고 있었다.

"죽어! 죽으란 말이다!"

엄청난 양의 내공이 자운을 짓누른다.

중력이 열 배는 강해진 듯한 중압감이 자운을 눌렀으나, 자운은 전혀 굽히지 않았다.

오히려 뿜어져 나오는 기운이 더욱 증가했다.

잘게 떨기 시작하는 선기가 점점 자운을 향해 몰려든다.

자운을 향해 모여든 선기는 자운의 손에 쥐어져 있는 무형검에 집중되었다.

무형검에 마음이 깃들었다.

무형검에 선기가 집중되었다.

두 가지가 이루어지는 순간, 자운의 손에 들려 있던 무형검이 단번에 사라졌다.

그것을 느낀 일공이 크게 소리쳤다.

"하하하하하하! 드디어, 드디어 포기를 한 모양이구나! 이것으로 무림은 나의……?"

말을 하던 일공의 눈에 비친 세상이 두 쪽으로 갈라졌다.

핏물이 튀었다거나 일공의 몸이 두 조각으로 절단 난 것은 아니다.

그저 그의 눈에 비친 세상이 정확하게 절반으로 갈라졌다.

"어?"

 의문성을 내뱉는 순간, 내공이 그의 의지를 따르지 않는다. 자운이 몸에 박힌 모든 무형검을 몰아내고 나서 숨을 몰아쉬며 일공을 노려보고 있었다.

 "후욱! 후욱! 후욱!"

 일공이 자운을 향해 움직이지 않는 입술을 간신히 달싹였다.

 말을 하는 와중에도 온몸의 생기가 빠져나간다는 느낌이 들었다.

 '이.것.이. 무.엇.이.냐?'

 성대는 이미 힘을 잃어 소리가 밖으로 나오지 않는다.

 하지만 자운은 일공이 말하고자 하는 바를 정확하게 알아들었다.

 그리고는 나지막이 중얼거렸다.

 "심검(心劍)."

 다시 하라고 하면 절대로 할 자신이 없다.

 차라리 그 자리에서 죽는 걸 선택하고 말 것이다.

 온몸이 검 속으로 빨려들어 가는 것을 느끼는 순간, 이미 의지는 일공을 베고 있었다.

 이것이 심검.

 심력의 소비가 만만치 않다.

연달아 펼칠 자신도 없고 두 번 다시 펼치고 싶지도 않다.
머리가 빙글빙글 돈다.
막대한 자운의 심력이 단번에 바닥난 것이다.
일공이 그 자리에서 아래로 추락했다.
추락하는 그의 눈에 비친 세계가 계속해서 조각난다.
네 조각, 여덟 조각, 열여섯 조각…….
수를 늘려나가던 그 조각의 수가 마침내 더는 셀 수 없을 정도로 많아졌을 때, 일공의 눈이 뒤집어졌다.
"끄륵."
외마디 가래 끓는 소리와 함께 숨이 끊어진 것이다.
털썩 하는 소리와 함께 허공에 떠 있던 일공의 몸이 쓰러지고, 그 후에 자운의 몸이 넘어갔다.
불어온 바람에 넘어지듯 자운의 몸은 그렇게 뒤로 넘어갔다.
풀썩—

황룡난신

천하에서 뽑은 열두 명의 기재이다.

그 기재들이 초롱초롱한 눈망울을 빛내며 자운의 앞에 서 있다.

자운이 그들을 주르륵 살폈다. 하나하나 꼼꼼하게 살핀다. 맥을 잡아보기도 하고 때론 기운을 쏘아내 보기도 했다.

그들은 기대감에 가득 찬 눈으로 자운을 마주 보고 있었다.

얼마나 시간이 지났을까, 그들을 꼼꼼하게 확인한 자운이 고개를 절레절레 흔들었다.

"지난번보다는 괜찮지만 역시 아니야."

그 말에 열두 명의 아이의 눈에 실망감이 깃들었다.

운산이 자운을 향해 투덜거린다.

"천하에서 가장 이름난 기재들입니다. 그런 아이들을 열둘이나 데리고 왔는데 모두 다 별로라고요?"

자운이 고개를 끄덕였다.

"소싯적의 나만 한 녀석이 없네."

그 말에 운산이 미간을 찌푸린다. 듣고 있던 우천 역시 마찬가지였다.

'그건 대사형이 너무 괴물인 겁니다.'

'사람 사이에서 괴물을 찾아오라니 이건 무리한 요구야.'

자운이 손을 털었다.

"너희, 속으로 내 욕했지?"

빠악—

운산과 우천의 뒤통수가 후려지며 고개가 앞으로 튀어나왔다가 들어갔다.

"컥!"

"으악!"

두 사람이 외마디 비명을 지르며 바닥을 데굴데굴 굴렀다.

아이들이 보는 앞이라는 것을 의식이라도 한 듯 곧 벌떡 일어났다.

운산이 열두 명의 기재를 보며 말했다.

"안타깝구나. 너희들은 아니라고 하신다."

아이들은 천하제일인이라 불리는, 아니, 고금을 통틀어 유일하게 심검의 경지에 오른 무인, 자운의 제자가 되기 위해 모여든 아이들이었다.

물론 하나하나가 천하에서 이름난 가문의 자제들이고 또한 기재들이다.

구파일방이 아이들을 본다면 앞 다투어 데려가기 위해 애를 쓸 만한 그런 기재들이다.

하지만 자운은 거절했다.

고금제일인의 제자가 될 자격을 박탈당한 아이들의 눈에 실망감이 감돌았다.

운산이 고개를 절레절레 흔들었다.

"그렇게 바라본다고 해도 소용없다."

자운이 바라는 것, 그것은 자신의 뒤를 이어 다음 대 천하제일인이 될 만한 재목이었다.

아니, 어쩌면 다음 대 고금제일인이 될 만한 재목을 원하고 있을지도 모른다.

'대사형 같은 사람의 생각을 내가 어떻게 알겠어.'

자운은 열두 명의 기재에게 더 이상 미련이 없다는 듯 한쪽에 놓여 있는 다과함을 열어 와삭와삭 소리를 내며 다과를 씹어 먹었다.

"이거 맛있네."

그 모습을 보던 운산이 고개를 절레절레 흔들었다.

이 아이들을 돌려보내는 일은 또 자신이 해야 할 터였다.

'후우! 빨리 대사형이 제자를 들여야 하는데.'

그런 운산의 마음을 아는지 모르는지 자운이 다과통을 통째로 입안에 털어 넣으며 말했다.

"으적으적! 이거 맛있는데 조금 더 없나?"

일공과의 격전 후 오 년, 황룡문은 천하제일의 문파가 되었다.

아니, 그럴 수밖에 없었다.

황룡문에는 그가 있다.

고금을 통틀어 가장 강한 존재, 심검에 오른 유일의 무인 황룡난신(黃龍亂神) 천자운.

그가 황룡문에 있었다.

황룡문은 천하제일문이 되었다.

자운이 허공을 보며 중얼거렸다.

'사부, 대사형, 어때? 마음에 들어?'

*   *   *

그 후로 오 년이라는 시간이 더 흘렀다.

그 시간이 흘렀음에도 불구하고 자운은 아직 제자를 들이지 않았다.

우습게도 자운보다 먼저 제자를 들인 쪽은 운산과 우천이었다.

운산과 우천 역시 무림에서 알아주는 명숙이 되었다.

운산은 강기지경에 접어든 뒤로도 계속해서 노력한 결과 어검술의 경지에 올랐다.

현 무림에서 어검술의 경지에 접어든 무림인은 정사마를 합친다 하더라도 스무 명이 채 되지 않는다.

운산이 그와 같은 경지에 오른 것이다.

우천은 아직 어검의 경지에 오르지는 못했지만, 사형에게 뒤지지 않기 위해 무던히도 노력하고 있었다.

그 실력은 무림에서 알아주는 정도.

자운이 말하기를, 이대로 간다면 길어야 십 년 안에 우천 역시 어검의 경지에 오를 것이라 했다.

서른 살이 채 되지 않아 어검술에 오른 사형과 조금 늦기는 하였지만 역시 서른이 조금 넘어 어검술에 오를 정도의 재능을 가진 사형제.

엄청난 무재였지만 두 사형제가 닮은 것은 무재뿐만이 아니었다.

말로 다 표현 할수 없는 제자 팔불출이었던 것이다.

"우리 천명이가 이번에 검기지경에 올랐지."

운산이 자신의 제자 천명을 자랑했다.

이제 열세 살 난 아이가 검기지경에 들었다고 말한다면 누구도 믿지 못할 것이 분명했으나 그것은 사실이었다.

운산이 제 제자를 자랑하자 우천이 지지 않겠다는 듯 자신의 제자를 자랑했다.

"호운이는 검명을 울렸습니다. 이제 본격적으로 검을 배운 지 이 년째인데 벌써 검명이라니. 장례가 기대되는 아이지요."

호운은 올해로 아홉 살에 올라가는 우천의 제자였다.

여섯 살이 되는 날 황룡문에 처음 입문하여 일 년간 기초를 닦고 검을 배운 지 올해로 꼭 이 년이 되었다.

그 짧은 시간 동안 검명의 경지에 오른 것이다.

호운의 검이 찌르르 우는 순간, 우천도 놀라 경악성을 터뜨렸었다.

"대단하군. 아마도 사제를 닮았나 보네."

운산이 고개를 끄덕였다.

아홉 살에 검명을 울리는 재능이라면 천하에서 손에 꼽을 정도의 기재인 것이다.

"하하하! 그런가요? 천명이도 사형을 닮아서 그런지 참 똑똑한가 봅니다."

둘의 제자 자랑이 한동안 이어지고, 자운이 품에 다과를 안고 둘의 옆을 지나가다가 짧게 중얼거렸다.
"아주 지랄들을 한다."
우적 다과를 씹으며 자운이 운산과 우천을 지나친다.
멀어지는 자운을 향해 운산이 물었다.
"대사형은 언제쯤 제자를 들일 겁니까?"
자운이 손을 허공으로 들어 올려 인사를 하듯 가볍게 털어 보인다.
"천하제일이 될 만한 싹수가 보이는 녀석이 있으면 할게."
자운은 그 스스로가 천재다. 아니, 천재 중에서도 천재다.
감히 천재라는 단어로는 그를 표현할 수 없다.
이백 년 전, 스무 살이 조금 넘은 나이로 그는 절대의 고수들과 논검 비무를 벌일 수 있을 정도의 무학을 얻었다.
다만 부족한 것은 내력이었을 뿐, 스스로가 그 정도의 재능을 가지고 있었으니 어지간한 기재들이 마음에 찰 리가 없었다.
"대사형, 대사형 같은 천재는 천 년에 한 번 나올까 말까 한다니까요. 그냥 뛰어난 아이들을 제자로 받으시면 안 됩니까?"
자운의 제자가 되기 위해 황룡문으로 매년 몰려드는 아이들이 한둘이 아니다.

황룡문에서는 그들을 위해 매년 두 차례 황룡문의 이름으로 기재들을 초대한다.
그리고 자운의 앞에 세웠다.
얼마 전에도 그런 과정을 한 번 거치기는 했지만 자운은 고개를 절레절레 흔들며 그들 모두를 거절했다.
마음에 차지 않는 기재라는 이야기다.
그중에서는 남궁의 자제도 있었으며 그에는 못하지만 이름난 무가들의 자제들도 있었다.
그런 그들이 모조리 거부당한 것이다.
'후우! 대사형이 원하는 기재는 도대체 얼마나 대단해야 하는 것인지.'
운산의 말에 자운이 뒤를 휙 하고 돌아보더니 입안에 있는 과자를 꿀꺽 삼키며 말했다.
"나 같은 놈은 바라지도 않아."
'그러다가 또 나 같은 천형을 타고나면 골치 아프니까. 이백 년 후에 깨어나서 또 다 죽고 저 혼자 설쳐대면 머리 아프다고.'
"딱 나의 절반 정도, 그 정도면 만족할게."
자운이 씨익 웃었다.
그 정도가 딱 좋았다.

* * *

유성동은 올해로 아홉 살이 되는 유가상단의 소장주였다.
그가 장독 위에 올라가 힘차게 손에 들린 검을 휘둘렀다.
"얍얍! 나의 정의의 칼을 받아라!"
그리고는 그가 장독대 위에서 풀쩍 떨어진다.
유성동이 장독대 위로 올라가자 말려야 한다며 안절부절 못하던 무사들이 대번에 그의 주위로 달려왔다.
"아이고, 소장주님. 그런 곳에 올라가면 위험합니다."
유모가 손을 파르르 떨며 유성동을 향해 말했다.
그 말에 유성동이 눈을 동그랗게 말아 뜨고 물었다.
"왜? 왜 위험한 거야, 유모? 나 뛰어내렸는데도 발이 하나도 안 아팠어."
그가 자신의 발을 들어 보이며 말했다.
사실 다른 이들이 보기에는 전혀 낙법을 쓰지 않은, 무지막지하게 뛰어내리는 것이었지만 이름난 무림의 고수가 봤다면 무릎을 탁 쳤을 것이다.
알아보기 힘들 정도의 가벼운 변화가 발끝에서 일어나 바람을 탔다.
이제 아홉 살 난 아이가 보이기에는 어려운 기사였다.
아니, 나이를 그 두 배 정도 먹었다고 할지라도 저 정도의 무공을 보일 수는 없을 것이다.

그리고 그 후에 진실을 알게 된다면 무림의 고수들은 또 한 번 놀랄 것이 분명했다.

그러한 무리를 펼쳐낸 이가 무공을 단 한 번도 배우지 않은 아이라면?

경악을 토할 만한 일이었다.

하지만 그것이 사실이었다.

유가상단의 소장주인 유성동은 지금까지 무공을 단 한 번도 배운 적이 없다.

"아이고, 소장주님. 그래도 그런 데서 떨어지면 큰일이 납니다."

그 말에 유성동이 해맑게 웃었다.

"헤헤, 그렇구나. 알았어, 유모. 안 올라갈게."

성동은 해맑게 웃었고, 유모는 가슴을 쓸어내리며 긴 한숨을 내쉬었다.

내일이면 더 큰일이 생긴다는 것도 알지 못하고 말이다.

"히히히, 나는 천하제일이다! 하하하하하하!"

목검이 힘차게 바람을 갈랐다. 그 끝에서 바람의 결이 부욱 찢어져 바람이 불어왔다.

간단한 움직임이었으나 아홉 살의 아이가 펼쳐낼 만한 움직임은 아니었다.

그것을 아는지 모르는지 유모가 발을 동동 굴렀다.

울 것만 같은 얼굴로 성동을 바라보고 있는 유모, 그녀가 성동을 향해 소리쳤다.

"아이고, 소장주님! 제발 움직이지 말고 거기 그대로 있으세요! 네?"

성동이 지금 올라가 있는 곳, 그곳은 바로 유가상단 건물의 옥상이었다.

고작 일 층 정도 높이였지만 아홉 살 아이의 몸으로 어떻게 저기를 올라갔는지도 의문이다.

저기서 발이라도 헛디뎌 떨어질까 봐 큰 걱정이 되었다.

"히히히히, 유모. 유모도 올라와 볼래?"

그 말에 유모가 화들짝 놀라며 손을 휘저었다.

성동이 말을 하며 처마 끝을 손으로 잡고 고개를 살짝 내민 것이다.

"제, 제발 도련님, 거기 그대로 있으세요. 곧 있으면 무사님들이 오실 겁니다. 그때까지만 그대로 있어주세요."

유모가 손사래를 치며 성동에게 가만히 있어줄 것을 바라고 있을 때, 유가장의 장주인 유주환이 헐레벌떡 뛰어왔다.

"이게, 이게 무슨 일인가, 유모?"

그가 고개를 들어 처마에서 환하게 웃고 있는 아들을 보며 물었다.

"자, 장주님, 그, 그것이… 제가 잠깐 한눈을 판 틈에……."

유모의 손이 바들바들 떨렸다.

그리고는 곧 바닥에 넙죽 엎드리며 말했다.

"제, 제발 한 번만 용서해 주세요. 제발……. 제가 이 일을 하지 못하면 우리 가족은 다 굶어 죽습니다."

그녀가 무슨 말을 하든 유주환의 눈은 처마로 향해 있었다.

아들이 까르르 웃고 있는 모양새를 바라보며 걱정스러운 눈으로 그가 소리친다.

"성동아, 제발, 제발 그대로 있어라!"

무사들이 오고 있다.

그들이 오면 어떻게든 성동을 다시 아래로 내릴 수 있을 것이다.

어떻게 얻은 자식인데, 상처 하나 남겨서는 안 된다.

그가 그렇게 속으로 빌고 또 빌고 있을 때, 기왓장 하나가 간밤에 온 빗물에 미끄러졌다.

"어?"

그 바람에 발을 딛고 있던 성동의 몸이 아래로 휘청한다.

"성동아!"

유주환이 크게 소리치는 순간,

성동의 몸이 아래로 떨어져 내린다.

유주환이 당황하며 떨어지는 성동을 받기 위해 뛰어갔다.
동시에 놀라운 일이 벌어졌다.
성동의 몸이 허공중에서 뱅글뱅글 돌기 시작한다.
마치 제운종의 수법과 같은 모습!
가볍게 허공에서 두세 바퀴 정도 돌던 성동이 사뿐히 바닥에 내려섰다.
"웃차!"
그리고는 아무런 일도 없었다는 듯 환하게 웃으며 손을 들어 보인다.
"서, 성동아."
주환이 다가가 어린 성동의 어깨를 잡았다.
방금 전에 일어난 광경을 무어라 표현해야 할까?
고작 아홉 살 난 아이가 일층 높이의 건물에서 떨어지며 몸을 줄여 낙법을 펼친다?
어지간한 삼류무사는 꿈도 꾸지 못할 모습이다.
그대로 떨어져 충격을 몸으로 견디는 것이라면 삼류무사도 가능하겠지만, 허공에서 몸을 돌려 낙법을 펼치다니.
이것이 아홉 살짜리가 보인 일이 맞단 말인가.
의심이 들었다.
이걸 무엇이라 표현해야 할까?
이능?

초능?

아니다. 이것은 무재다.

유주환은 자신의 아들이 보인 모습에 무재라 판단했다.

평범한 아이들은 가지지 못한 무공에 대한 재능, 그것을 무재라 한다.

'내 아들이 무재를 타고났구나.'

대대로 유가상단의 상단주들의 무재는 그야말로 형편없었다.

아무리 무공을 익힌다고 해도 일류는커녕 이류에도 오르기 어려운, 재능이라고도 할 수 없는 그런 무재를 가지고 태어났다.

하늘은 지금까지 그렇게 살아온 유가에게 무공 쪽에도 길을 틔워주려는 것인가?

유주환이 눈을 굴리며 얼마 전 황룡문에서 공표한 사실을 떠올렸다.

'이번에도 난신의 제자를 뽑는다지?'

난신은 명실상부한 고금제일인.

그가 제일이라는 것은 정파의 자존심 강한 구파 장문인들도 인정하는 것이다.

아니, 인정하지 않을 수 없다. 자운 혼자서 움직인다 하더라도 구파는 감히 그를 감당할 수 없을 것이다.

두 자루의 무형검을 휘두르며 열두 마리의 황룡을 휘감고, 심검에 이르러 죽어도 죽지 않는 반선이 되어버린 자운을 어찌 상대한다는 말인가.

'가능성이 있을까?'

그가 성동을 내려다보았다.

무림의 이름난 기재들이 난신의 제자가 되기 위해 모여들었다가 퇴짜를 맞았다는 소문을 들었다.

'성동이가 가능할까?'

퇴짜를 맞은 기재 중에는 남궁의 핏줄도 있다고 했다.

그런 이름난 기재들도 퇴짜를 놓았는데 내 자식이 될까 하는 생각이 들었다.

'밑져야 본전이 아닌가.'

상인인 이상 이해득실을 먼저 따진다.

사실 떨어진다 하더라도 이 정도의 무재라면 구파일방에라도 들어갈 수 있을 것이다.

황룡문이 안 된다면 제이, 제삼의 대안이 얼마든지 있었다.

그가 주먹을 불끈 말아 쥐었다.

'그래, 한번 도전이나 해보자.'

결심한 다음날, 즉시 유주환은 아들을 챙겨 황룡문으로 떠날 준비를 했다.

유가상단은 황룡문에서 멀지 않은 곳에 있어 보름 정도면 충분히 넉넉하게 다녀올 수 있었다.

하지만 기대감에 부풀었던 유주환은 삼십 일 전부터 부지런히 준비를 했다.

'우리 아들이 난신의 제자가 된다면? 아니, 하다 못해서 황룡문주의 둘째 제자만 되어도 그게 어디야. 너무 큰 욕심을 가지면 안 돼. 그래, 황룡문주의 제자 정도로 생각하자. 하지만 기왕이면 난신의 제자가 좋겠지.'

벌써부터 머릿속은 꿈과 희망으로 잔뜩 부풀어 올라 있었다.

"짐은 다 챙겼나?"

그가 총관을 향해 말하자 총관이 고개를 끄덕인다.

"예. 그런데 상단주님, 너무 과하게 챙기는 것은 아닌지……."

유주환은 황룡문의 방문을 앞두고 적지 않은 짐을 챙겼다.

그 수가 무려 금자로 오십 냥에 달할 정도였다.

유가장의 반년 수입을 챙긴 것이다.

"소림에는 속자제자라는 것이 있어서 제자가 되려면 뛰어난 무재와 함께 기부도 필요하다고 하네. 황룡문에도 그런 제도가 있지 않을까?"

그 말에 총관이 머리를 탁 쳤다.

"아, 그렇군요. 역시 상단주님의 혜안은 따를 길이 없습니다."

"그래. 그러니까 내가 유가상단을 이 정도까지 키웠지. 지금 성동이는 뭘 하고 있지?"

"목검을 들고 장원을 뛰어다니고 있습니다."

그 말에 유주환이 고개를 끄덕이며 껄껄 웃었다.

"껄껄껄. 그래, 황룡문의 제자가 되려면 지금부터 검에 익숙해지는 게 좋지. 목검이든 진검이든 말이야. 내일쯤이면 출발할까 하는데 어떻게 생각하는가, 총관은?"

그 말에 총관이 고개를 갸웃하며 묻는다.

"내일 말씀이십니까? 너무 빠르지 않을까요?"

"아니야. 미리 가서 눈도장이라도 찍어둬야 하지 않겠어? 잘 보여야 성동이를 뽑아주지."

총관이 고개를 끄덕였다.

"지당하신 생각입니다."

황룡문으로 향하는 길목으로 사람들이 적지 않게 몰려들었다. 넉넉하게 한 달 정도의 기한을 두고 출발했음에도 불구하고 많은 이들이 자신이 내세우는 기재들을 데리고 황룡문으로 출발했다.

"흠흠, 사람이 많구나."

유주환이 오리구이를 씹으며 주변을 둘러보았다. 대부분 허리춤에 검을 차고 있고 아이를 하나씩 데리고 있는 것이 분명 난신의 제자가 되기 위해 가고 있는 것이다.

'난신의 제자는 우리 성동이가 될 거야.'

그가 주변을 살피더니 오리구이를 조물조물 씹고 있는 아들을 바라보았다.

아무리 살펴보아도 성동이만 한 인물이 없는 듯했다.

그런 유주환을 향해 중년인이 다가왔다.

"합석해도 되겠소? 마땅히 자리가 없어서."

허리춤에 칼을 차고 있는 것이 무림인이다.

그의 옆에는 성동이 또래로 보이는 아이가 목검을 차고 있었다.

유주환이 고개를 선선히 끄덕이자 그가 자신을 소개하며 유주환의 맞은편에 앉는다.

"흠흠. 나는 팽가보의 팽후라고 하오."

팽 씨라고 해서 오대세가의 하나인 팽가만 있는 것은 아니다. 다른 성씨도 있고 그중 하나가 팽가보였다.

팽가에 밀려 빛을 보지는 못했으나 박도를 이용한 팽가보의 무공은 그 지역에서 꽤나 알아주었다.

"이 아이는 내 아들인 팽겸이오."

그의 말에 유주환이 가볍게 포권을 취해 보인다.

"팽 대협이셨군요. 저는 유가상단의 상단주 유주환이라 합니다. 이 아이는 제 자식인 유성동입니다."

그 말에 팽후가 고개를 끄덕였다.

"상가의 사람이셨구려. 한데 이곳에는 무슨 일로……."

그의 눈빛이 위에서 아래로 내려다보는 눈빛이다.

마치 너 따위 상인이 황룡문에 적을 두러 가는 것은 아니겠지 하고 묻는 듯한 표정.

웃기다.

지금 이 길목을 지나가는 이들 중 반수 이상이 황룡문으로 향하는 것인데 그것을 모르고 묻는단 말인가.

하지만 유주환은 화를 내지 않았다.

눈살을 찌푸리지도 않고 여전히 미미한 웃음을 유지하며 그의 말에 답했다.

"혹시나 가능성이 있을까 하고 아들놈을 데리고 황룡문으로 가보는 중입니다."

그 말에 팽후가 고개를 끄덕였다.

하나 어쩐지 탐탁지 않아하는 표정이다.

"그렇구려. 그쪽 아들도 꽤나 뛰어난 재능이 있는 모양입니다. 그런데 우리 후는……."

팽후는 약 반 시진가량 아들인 팽겸의 자랑을 늘어놓았다.

세 살부터 검을 잡았다느니 토납법을 다섯 살부터 익히기 시작해 지금은 꽤나 되는 내공을 가지고 있다느니 하는 이런저런 자랑이었다.

그동안 유주환은 그저 고개를 끄덕였다.

"그렇군요. 예, 정말 대단합니다."

적당히 맞장구를 쳐주고 끝내자, 그것이 유주환이 바라는 바였다.

한참을 신나게 아들 자랑을 하던 팽후가 눈썹을 가늘게 뜨며 그를 향해 물었다.

"그런데 댁의 자제분은 어떻습니까? 꽤 재능이 있어서 데리고 가보는 거겠지요?"

그 말에 유주환이 고개를 선선히 끄덕였다.

그리고는 일전에 있었던 일층 높이에서 낙법을 펼쳐 뛰어내린 사실에 대해서 말해주었다.

무공을 익히지 않은 아이가 선보였다고 보기에는 무리가 있는 행동. 당연 팽후가 믿을 리가 없었다.

그의 눈썹이 꿈틀 움직였다.

'이자가 지금 거짓말을 하는군.'

자연스럽게 그런 생각이 들었다.

"그렇소? 그것참 대단한 재능이군. 그럼 술도 들어갔는데 가볍게 아이들의 재롱이나 한번 보는 것은 어떻소?"

팽후의 말에 유주환이 반문했다.

"재롱이요?"

팽후가 고개를 끄덕인다.

"그렇소. 무재가 있는 아이들은 어린 시절부터 남다르다고 하지 않소. 그쪽의 아이도 무재가 있고 우리 아이도 무재가 있으니 한번 겨루어보는 것이 어떻겠소?"

그 말에 유주환이 고개를 절레절레 흔들었다.

"우리 성동이는 토납법이나 내공심법을 배운 적도 없고 무공을 따로 익힌 적도 없습니다. 그러니 상대가 되지 않을 겁니다."

"호오, 그 말은 꼭 심법을 익히고 무공을 배웠더라면 우리 겸이를 이길 수 있다는 것처럼 들립니다?"

그의 말에 유주환이 고개를 절레절레 흔들었다.

"그럴 리가 있습니까. 다만 형평성이 맞지 않는다는 것이지요."

그 말에 팽후가 턱을 가볍게 쓰다듬었다.

까끌까끌하게 정돈되지 않은 수염이 손가락 사이로 삐져나오는 것이 보인다.

"좋소. 그렇다면 우리 겸이는 내공을 사용하지 않겠소. 그리고 두 주먹으로 하도록 하지요. 그쪽은 목검을 사용하도록 합시다."

어떻게 되든 비무를 하고 싶은 모양이다.

이런 이들이 있다.

자신보다 못하다고 생각되는 이들을 짓밟는 것으로 자신의 우월성을 증명해 보이고자 하는 이들.

유주환이 유성동을 바라보았다.

그리고는 물어보았다.

"할 수 있겠느냐?"

아비의 물음에 성동이 고개를 위아래로 끄덕인다.

"응. 나 해보고 싶어."

유주환이 고개를 들어 다시 팽후를 바라보았다.

"부디 손속에 사정을 두셨으면 합니다."

팽후가 득의양양한 미소를 지어 보이며 고개를 끄덕였다.

"당연히 그래야지요."

쏴솨솨솨솨솨—

차가운 바람이 불어왔다. 객잔 뒤로 넓게 펼쳐진 대나무 사이로 바람이 드나들며 독특한 음색이 퍼져 나갔다.

그 사이에서 아홉 살 난 아이들이 서로를 바라보았다.

팽겸이 씨익 웃는다.

"너, 나 이길 수 있어?"

그 말에 성동이 고개를 가로저었다.

"몰라."

그러자 팽겸의 비웃음이 더욱 진해졌다.

"너, 나 못 이겨."

"이씨! 그건 해봐야 아는 거야."

팽겸이 어디서 본 듯한 대사를 하며 관대하게 웃어 보였다.

"그래? 그럼 먼저 와. 내가 고수로서 삼 초를 양보할게."

팽겸의 행동에 팽후가 기분 좋게 웃으며 뒷머리를 긁적였다.

"허허. 우리 아이가 소설책을 너무 많이 본 모양입니다."

그 말에 유주환은 아무런 말도 하지 않고 둘을 바라보았다.

"응. 그럼 내가 먼저 할게."

성동이 목검을 잡았다.

그리고는 평후를 향해 뛰어간다.

타다다닷—

아이의 발걸음으로 뛰어간다. 경공을 펼치지도 않았다.

당연하다.

배운 바가 없으니 펼치지 못하는 것이다.

그 모습을 바라보는 팽후와 팽겸 부자의 입꼬리가 쓰윽 올라갔다.

승리를 확신하는 모습.

팽겸이 두 주먹을 말아 쥐었다.

주먹으로 목검을 때리면 아프니 적당히 피한 후에 반격을 할 생각이다.

"받아라!"

성동이 검을 내리긋는다.

성동의 목검이 처마 위에서 그랬던 것처럼 바람의 결을 탔다.

'흥! 이쯤이야!'

그것을 모르는 팽겸이 단번에 성동의 목검을 피하려 했다.

두 발이 이리저리 어지럽게 움직인다.

팽가보에서 자랑하는 보법을 펼치는 것이다.

팽겸과 팽후 부자는 그 보법으로 단번에 성동의 검을 피해낼 것이라 의심하지 않았다.

팽겸이 득의양양한 미소를 짓는 순간, 빠악 하는 소리와 함께 팽겸의 어깨를 성동의 목검이 때렸다.

"악!"

너무 놀란 터라 비명이 반 박자 정도 늦게 나왔다.

분명히 피했다고 생각한 목검이 어깨에 닿아 있다.

팽겸은 물론이고 아비인 팽겸 역시 성동의 검이 어떻게 움직였는지 확인하지 못했다.

'이게 무슨……?'

눈을 비비고 바라보았지만 여전히 모르겠다.

도대체 어떤 방법으로 어떻게 했다는 말인가?

그러는 사이, 성동의 두 번째 공격이 이어지고 있었다.

"헤헤. 세 번이라고 했다?"

성동의 말에 정신이 번쩍 든 팽겸이 몸을 움직였다.

성동의 목검이 이리저리 움직이는 것이 보인다.

단순한 움직임이다.

아무런 검초도 없고 어떠한 무리도 섞여 있지 않다.

팽겸은 이번에야말로 그의 검초를 피해내고 남은 한 번의 공격마저 흘려버린 후 성동을 찍어 누를 셈이었다.

'흥. 우연이야. 우연일 거야.'

그의 눈에 보이는, 아무런 무리도 담겨 있지 않은 검초가 사실은 이름난 고수들이 바라본다면 경악을 토할 만한 무리라는 사실을 팽겸은 알고 있을까?

아니, 아마도 모르고 있을 것이다.

그걸 알고 있다면 팽겸은 성동보다 더한 기재다.

하지만 아쉽게도 그는 성동보다 더한 기재가 아니었다.

팽겸이 발을 어지럽게 놀렸다.

보법이 일변하며 성동의 목검을 피해내었다고 생각한 순간, 성동의 목검이 바람에 하늘거렸다.

휘익 꺾어지며 대번에 팽겸의 이마를 때린다.

팽겸의 눈에 비친 성동의 목검이 점차 커졌다.

"흐익!"

팽겸이 꼴사납게 바닥을 구르며 성동의 목검을 피했다.

"어? 피했네? 헤헤."

성동은 자신의 공격이 빛나가자 해맑게 웃어 보이며 세 번째 공격을 준비했다.

휘익 하는 소리와 함께 성동의 목검이 허공을 갈랐다.

팽겸이 자리에서 발딱 일어나 성동의 목검을 피하기 위해 움직였다.

"으아아아아!"

비명인지 기합성인지 알 수 없는 외침과 함께 팽겸의 몸이 튀어 올랐다.

단순히 무공을 배우지 않은 목검을 피하기 위한 움직임치고는 과장된 면이 있었다.

그뿐만이 아니다.

내공 역시 사용했다.

어린 나이지만 지니고 있는 내공을 사용했기에 그의 몸이 풀쩍 뛰어오른다.

성동의 목검이 닿지 않을 정도의 높이까지 뛰어올랐다.

그 순간, 성동의 목검 끝에서 바람이 불어왔다.

검풍(劍風)?

아니, 그러한 것은 아니다.

검풍은 예리한 기운을 이용해 바람과 같이 쏘아 보내면 나

무토막도 잘라 버릴 수 있을 정도로 강력한 것이다.

그런 검풍에는 이르지 못했지만 허공으로 뛰어오른 사람 하나 정도는 밀어낼 수 있을 그런 바람이었다.

퍼석—

바람과 팽겸의 몸이 충돌하는 순간, 팽겸이 바닥으로 떨어지며 모래밭을 데굴데굴 굴렀다.

입안에 모래까지 한 움큼 들어갔다.

"퉤퉤!"

입안에 가득 찬 모래를 뱉어낸 팽겸이 씩씩거리며 성동을 노려보았다.

"너! 너! 죽여 버리겠어!"

그가 대번에 성동을 향해 두 주먹을 쥐고 뛰어간다.

경신법에 보법이 가미된 움직임. 거기다 사용하지 않겠다던 내력을 썼다.

아니, 이전에 성동이 공격할 때 사용했으니 이미 그전부터 규칙을 어겼다고 할 수 있을 것이다.

유주환이 그 모습을 보더니 손가락질을 하며 말을 더듬었다.

"저! 저!"

팽겸의 움직임이 폭발적으로 달라지는 순간부터 팽겸이 내공을 사용하고 있다는 사실을 알았다.

한데 약조했던 그의 아비인 팽후는 자신의 아들을 말리지 않는다.

"이게 무슨 짓입니까! 내공은 사용하지 않기로 했지 않습니까!"

격정에 휩싸인 유주환의 말에 팽후가 콧방귀를 뀌며 말했다.

"흥! 우리를 먼저 속인 쪽은 그쪽이 아닌가?"

"그게 무슨 소리요?"

"무공을 전혀 배우지 않은 아이가 어찌 우리 팽후의 움직임을 잡을 수 있다는 말인가!"

그의 말에 주변에서 구경하던 다른 무림인들이 얼굴을 찌푸렸다.

저렇게 노골적일 줄이야.

그 말에 유주환이 쓰게 웃음을 지었다.

"결국 우리를 깔아뭉개기 위한 비무였구려. 대충 예상은 하고 있었지만 이렇게까지……. 좋소. 우리가 진 것으로 할 테니 비무를 그만둬 주시오."

그 말에 팽후가 비릿하게 웃었다.

"일단 시작한 비무는 끝까지 가봐야지."

팽겸이 달려가 어깨로 성동을 들이박았다.

보법은 물론이고 경신법 하나 익힌 적 없는 성동은 그런 그의 공격을 피하기 위해 할 수 있는 최적의 행동을 했다.

어깨를 가볍게 비트는 것.

"악!"

성동의 입에서 뾰족한 비명이 터져 나왔다.

아무리 어깨를 비튼다고 해도 모든 충격을 완전히 흘려 버릴 수는 없었던 탓이다.

욱신거리는 고통이 성동의 몸속을 엄습해 들어왔다.

단번에 어깨가 저리며 온몸이 축 늘어진다.

'이이……'

성동이 목검을 움켜쥐고 휘둘렀다.

빠악 하는 소리와 함께 팽겸의 몸이 주춤하며 비명이 흘러나왔다.

"으악!"

팽겸이 주먹을 말아 쥐고는 크게 휘둘렀다.

뻐억 하는 소리와 함께 내공이 잔뜩 담긴 주먹질이 성동을 후려쳤다.

성동은 외마디 비명조차 지르지 못하고 그 자리에서 날려가 바닥을 형편없이 굴렀다.

다시 일어나지 못하는 것이 기절했음이 분명했다.

아무리 천하에 다시없을 기재라 할지라도 내공의 유무는

굉장히 많은 차이를 가진다.

그중 하나가 힘이었다. 내력이라는 무지막지한 힘이 담기면 아이의 주먹이라 할지라도 어른이 막기 힘들다.

그런 주먹을 정통으로 맞았으니 성동이 일어날 수 있을 리가 없다.

유주환이 빠르게 다가가 성동을 살폈다.

"성동아!"

맥을 짚어보자 아직 뛰고 있다. 단순히 기절만 했음이 틀림없었다. 입가로 흐르는 피도 없는 것으로 보아 내상 역시 없었다.

다행이라면 다행.

하지만 유주환은 알지 못했다.

내상이 없는 이유가 주먹이 몸에 추돌하기 직전 성동이 몸을 틀어 충격을 어느 정도 흘려내었기 때문이라는 사실을 말이다.

"이 정도면 되었소? 이 정도면 되었냐는 말이오. 무공을 배운 적도 없는 하찮은 상인의 자제 하나 깔아뭉개면 기분이 좋소?"

악에 받쳐 소리치는 주환의 말에 팽후가 도끼눈을 떴다.

"이게 무공을 안 배웠다는 말인가? 내가 검초가 현란하게 움직이는 것을 보았는데 말이야!"

현란?

검초?

웃기는 소리.

성동은 그저 마구잡이로 마음 가는 대로 검을 휘둘렀을 뿐이다.

다만 그 마음이 검을 이끈 것일 뿐, 누가 봐도 그것은 검초가 아니었다.

검을 갓 배우기 시작한 아이가 휘두르는, 아주 엉망인 검으로 보였다.

일단 겉모습으로는 그러했다.

"그게 무슨 억지요! 우리 아이는 무공을 배운 적이 없다 하지 않았소!"

"끝까지 거짓을 말하려 하는구나! 좋다, 내 오늘 이 땅에 강호의 법도가 아직 살아 있음을 알리리라!"

그가 소리치고 허리춤의 박도를 뽑으려는 순간, 구경하던 구경꾼 중 한 사람이 나왔다.

그리고는 팽후의 완맥을 움켜쥐었다.

"그만. 그만하지."

그 말에 팽후가 두 눈에 쌍심지를 켜며 그를 노려본다.

"넌 뭐냐?"

이제 서른이 좀 안 되어 보이는 외모. 하지만 완맥을 움켜쥐고 있는 손아귀의 힘은 적지 않았다.

눈앞의 이자, 고수다.

팽후가 침을 꿀꺽 삼켰다.

"당신은 누구신데 우리의 일에 관여하는 것이오?"

그 말에 사내가 팽후의 완맥을 놓아주더니 성동에게로 다가갔다.

사내가 손을 뻗어 성동의 등을 탁탁 몇 대 때렸다.

"콜록콜록! 콜록!"

성동이 기침과 함께 눈을 뜬다.

"역시 내상은 없네. 거기다 내공도 없어. 쥐뿔만 한 단전도 느껴지지 않는데? 이 아이, 무공 안 배운 거 맞네. 너도 알고 있잖아?"

사내가 팽후를 바라보며 묻자 팽후의 얼굴이 울그락불그락 변했다.

"귀하는 누구신데 우리의 일에 관여하는 것이오?"

"글쎄."

그가 품속을 뒤지더니 철로 만든 패 하나를 꺼내 던졌다.

쩔그렁.

정확하게 팽후의 앞에 떨어지는 패 하나.

거기에는 황룡 다섯 마리가 음각되어 있었다.

"황룡문 장로패?"

사내, 아니, 황룡문의 장로가 된 우천이 고개를 끄덕이며 말했다.
"소란은 이쯤에서 끝내자고."

방으로 돌아온 유주환이 이를 악물었다.
'무력하다는 게 이런 느낌인가.'
유가상단은 그 지역에서나 꽤 알아주는 상단이지 천하에 이름난 상단이 아니다.
그뿐만 아니라 이렇다 할 고수를 갖추고 있지도 않다.
그래서 이런 수모를 받는 것이 분명하다.
유주환이 자신의 옆에서 자고 있는 성동을 바라보았다.
"이렇게 된 이상 오기로라도 황룡문을 찾아가겠다."
처음에는 황룡문으로 가는 것을 포기해야 할까 하는 생각도 들었다.
무림 문파들이 고깝게 보는 것은 아닌가 하는 생각을 했던 것이다.
하지만 오늘의 일로 인해 확실히 생각이 정리가 되었다.
이렇게 되면 오기로라도 찾아가는 수밖에 없지 않은가.
'밑겨야 본전이지.'

* * *

자운이 자신의 앞으로 주르륵 늘어선 아이들을 바라보았다
하나같이 초롱초롱한 눈빛으로 자운을 바라보고 있다.
눈앞에 있는 이가 고금제일인이다.
천하와 고금을 통틀어 가장 강한 사람, 그런 사람이 지금 자신들의 눈앞에 있다.
아이들의 심장이 거세게 방망이질했다.
그중에는 성동도 있고 팽겸도 있었다. 팽겸이 흘깃 곁눈질로 성동을 바라보았다.
어제 비무에서 팽겸은 성동을 이겼다.
어린 생각에는 그것이 자질이 더 높기 때문이라고 생각할 수도 있다.
그러니 성동이 뽑히고 자신이 뽑히지 않을 리는 없다고 생각했다.
둘 다 탈락하면 모를까.
우적우적 닭다리를 뜯던 자운이 시선을 주르륵 옮겼다.
그리고는 갑작스럽게 한곳에서 고정되었다.
자운이 눈을 고정한 채로 닭다리를 우적우적 씹었다.
살을 잘 발라 먹고 뼈만 남은 닭다리를 움켜쥐고는 자운이 자리에서 일어났다.
그리고는 시선을 잡아끄는 아이의 앞으로 다가간다.

성동.

그 아이는 바로 성동이었다.

자운이 아이의 앞에 서서는 아무렇게나 닭 뼈다귀를 휘두른다.

부웅—

바람 갈리는 소리가 나며 파격음이 연속으로 터져 나왔다.

팡팡팡— 파파바바방—

"몇 번?"

닭 뼈다귀를 손에서 놓은 자운이 성동을 향해 묻는다.

"일곱 번?"

그 말에 성동이 손가락을 꼼지락거리더니 해맑게 웃으며 답했다.

성동의 대답에 자운이 씨익 웃었다.

"몇 번이랑 몇 번?"

자운이 다시 묻는다.

그 말에 성동이 눈을 감고 손가락을 꼼지락거리기 시작한다.

다른 아이들은 지금 이게 무슨 일인지 전혀 알지 못했다.

하지만 그 의문은 곧 성동의 다음 대답으로 해소가 되었다.

"찌르기 다섯 번, 베기 한 번, 올려치기 한 번?"

자운이 손을 들어 성동의 머리를 쓰다듬었다.

그의 입꼬리가 말려 올라간다.

"잘했다. 그럼 네가 해봐."

자운이 허리춤에서 소검 하나를 꺼내 성동의 앞으로 내밀었다.

소검이라고는 하나 아홉 살 소년이 쥐기에는 조금 큰 감이 있었다.

"진짜로 해봐요?"

자운이 고개를 끄덕인다.

"응, 그래. 해봐."

성동이 조심스럽게 검을 집었다.

어눌한 모습으로 재현하는 성동의 검이 이리저리 움직인다.

처음에는 가볍게 상단 찌르기, 다음은 이어지는 베기, 거기에 중단 찌르기가 연속으로 두 번 이어졌다.

횟횟횟—

다시 상단에서 하단을 깊게 찔러 내리는 찌르기 두 번.

이것으로 성동이 말한 다섯 번의 찌르기가 모두 끝났다.

남은 것은 한 번의 올려치기.

성동의 검이 하단 찌르기의 자세를 유지한 상태로 허공으로 솟구쳐 올랐다.

어눌한 움직임이었지만 분명 올려치기를 한 것이 틀림없

었다.

성동이 올려치기마저 모두 끝내자 자운이 손바닥을 짝짝 쳤다.

"잘했다, 잘했어. 그럼 결정 난 건가?"

무엇이 결정 났다는 말인가.

아이들이 의문을 가지고 자운을 올려다보는 순간, 자운이 아이들에게 있어서는 청천벽력이 될 만한 한마디를 했다.

"오랜 시간 찾아 헤맨 나의 제자를 드디어 찾았네. 어이구, 예뻐라."

자운이 성동의 머리를 쓰다듬었다.

"이건 불공평해요!"

고금제일인 앞이라는 사실임에도 불구하고 크게 소리를 친 것은 바로 팽겸이었다.

다른 아이들 역시 팽겸에게 동의한다는 듯 고개를 끄덕였다.

"우리에게도 똑같이 시험을 치를 기회를 주세요."

그 말에 자운이 눈살을 찌푸린다.

"시험? 좋아. 너, 볼 수 있어?"

자운이 허공을 소검으로 연달이 찔렀다.

휘이익— 파앙—

퍼엉—

"몇 번?"

그 말에 팽겸이 감히 답하지 못했다.

자운이 팽겸의 손에 소검을 들려주었다.

"아까랑 똑같이 했으니까 그럼 흉내라도 내봐. 네가 한 동작이라도 제대로 흉내 내면 제자로 받아주지."

그 말에 팽겸이 힘차게 고개를 끄덕인다.

이미 성동이 어떻게 움직였는지 모조리 봐둔 상황이다.

그가 빠르게 검을 휘둘렀다.

성동보다 훨씬 안정적이고 빠른 움직임이었다.

움직임을 마친 팽겸이 '어때요?' 하는 표정으로 자운에게 소검을 넘겨주었다.

"너 발끝, 내려치기할 때 발을 전혀 안 움직이더라? 그리고 찌르기 할 때 손목은 왜 안 돌아가? 그걸 가지고 지금 제대로 했다는 거야? 웃기는 소리 하고 있네. 꼬맹이가 꼴에 자존심은 높아가지고. 얘가 내 제자가 되었다니까 인정을 못하겠다는 거냐?"

자운이 가볍게 손을 휘둘렀다.

팽겸의 입이 단번에 꿀 먹은 벙어리가 되어버린다.

"아, 몰라, 이 꼬맹아. 네가 뭐라고 하든 이 아이는 오늘부터 내 제자다."

자운이 방문을 벌컥 열었다.

자운의 방 밖에는 많은 사람들이 초조한 심정으로 아이들의 결과를 기다리고 있었다.

자운이 그들의 앞으로 성동과 함께 섰다.

"자, 다들 기다리고 있었지? 내 제자가 누가 될 것인지, 올해도 아무도 제자가 되지 못할 것인지 다들 기다리고 있었을 거야. 기뻐해도 돼. 제자가 결정되었으니까."

자운의 말에 많은 이들이 침을 꿀꺽 삼켰다.

드디어 고금제일인의 후계자가 될 아이가 결정되었다.

다들 자운의 입에서 자신의 아이가 호명되기를 기다렸다.

그중에는 유주환과 팽후 역시 있었다.

자운이 성동의 등을 가볍게 때렸다.

"이 아이, 그러니까… 어……."

"성동이에요."

성동이 자신의 이름을 말한다.

"그래, 성동이가 내 제자다!"

그 순간 팽겸이 소리쳤다.

"말도 안 돼!"

저 아이는 어제 자신의 아들인 팽겸에게 패배했던 아이다. 그런 아이가, 그런 재능이 떨어지는 아이가 어떻게 난신의 제자가 될 수 있다는 말인가.

자운의 입가가 씰룩거렸다.

"돼! 저거 똑같이 생겼네. 너, 이놈 아비지?"

자운이 손끝으로 팽겸을 가리키며 말하자 팽후가 고개를 끄덕였다.

"그렇소. 한데 어제 저 아이는 우리 아들과의 비무에서 패배했는데 어떻게 당신의 제자가 될 수 있다는 말이오?"

그 말에 자운이 씨익 웃었다.

"그랬어? 그럼 한 달만 기다려 봐. 그 후에 비무를 해서 네 아들이 성동의 발끝이라도 건드린다면 네 아들 녀석도 내 제자로 받아주도록 할게."

한 달이라는 시간, 그 시간 동안 많은 것은 변할 수가 없다.

팽후는 이 내기가 자신에게 이득일 것이라고 판단했다.

"조, 좋소!"

그리고 한 달 후, 팽겸은 성동에게 정말 죽기 직전까지 맞았다.

그 장면을 본 유주환은 이렇게 소리쳤다고 한다.

"황룡난신 만만세!"

第十二章
끝내는 이야기

황룡난신

 전해지는 이야기에 따르면 난신이 사라진 것은 이십 년 전이라고 한다.

 그러니 그가 제자를 거둔 지 꼭 삼 년째 되는 날이다.

 당시는 황룡문의 문주라고 할 수 있는 난신의 사제 황룡검협 검운산과 제갈세가의 금지옥엽, 그리고 당가의 금지옥엽이 혼인을 하는 날이었다.

 한 번에 두 사람의 미인과 혼인을 하는 것이 조금 특이하게 보일 수는 있으나 영웅은 삼처사첩을 거느린다고 하던가.

 황룡검협 정도면 충분히 영웅이라 할 수 있으니 무림인들이 고

끝내는 이야기 283

개를 끄덕였다.

 또한 그들의 이야기는 이미 적성과 싸움을 할 때부터 무림맹에서 암암리에 퍼져 나간 일이었기에 딱히 놀라는 사람은 없었다.

 하지만 놀랄 만한 일은 그날 그 자리에서 일어났다.

 혼인식이 끝나는 순간, 난신의 몸에서 열두 마리의 황룡이 솟구치며 난신과 그의 제자인 성동을 에워싸고 하늘로 솟구쳐 오른 것이다.

 그 후로 그는 두 번 다시 무림에 나타나지 않았다.

 다만 필자가 황룡난신의 행보를 기록하기 위해 조사했을 때, 그가 황룡문에서 사라진 이후 천살설곡에서 약 십오 년간 기거했던 것으로 보인다.

 그는 천살설곡의 곡주인 설혜와 또한 그녀의 의자매인 취록과 깊은 관계를 가졌으며 슬하에 이녀를 두었다.

 후에 두 딸이 설곡을 이어받았을 때 그는 부인과 제자를 데리고 다시 하늘 높은 곳으로 황룡을 타고 사라졌다고 한다.

 그 후로 무림의 그 어디에서도 그의 종적을 찾을 수가 없었기에 여기서 이만 기록을 마친다.

무림기사록—황룡난신 편

 책이 발행된 이후로 삼 년이라는 시각이 흘렀다.

한 청년이 황룡문의 입구를 삐딱한 눈으로 바라보고 있었다.

"그러니까 여기가 바로 본문이라는 말이지."

하늘로 높게 치솟은 정문, 거대한 덩치가 가히 천하제일문이라는 수식어가 어울리는 문파다.

청년이 만족한 듯 흡족한 표정으로 고개를 끄덕였다.

"과연 이몸의 문파라면 이 정도는 되어야지."

그가 고개를 끄덕이며 황룡문의 정문을 향해 다가갔다.

정문을 지키던 위사들이 검을 움켜쥐며 청년이 다가오는 것을 제지하려 했다.

"잠깐! 어디서 오신……."

그가 말을 하려는 순간 청년의 몸이 휙 하고 사라져 이미 거대한 목문을 밀고 있다.

사내가 손을 대자 거대한 문이 가볍게 끼익 하는 경첩 소리를 내며 열린다.

"아, 배고파! 사숙! 운산 사숙! 우천 사숙! 나 돌아왔어요! 밥 줘요!"

그 스승에 그 제자라, 자운의 모든 것을 물려받은 성동이 황룡문으로 돌아왔다.

이것은 다시 한 번 황룡문에 불어 닥칠 평지풍파를 예고하는 일인지도 모른다.

우지끈!

"에구머니나! 실수로 건물 하나를 부숴 버렸네."

과연 그 스승에 그 제자였다.

난신의 제자는 역시 난신이라, 후에 무림인들은 성동에게 하나의 무림명을 붙여주는 데 이러했다 한다.

소난신(小亂神) 유성동.

외전
황룡현신

황룡난신

"아. 머리 띵 하네."

자운이 일어나며 자신의 머리를 짚었다. 또 얼마나 잠든 것인지 기억도 나지 않는다.

자신의 옆에는 설혜와 취록이 누워 있었다.

쌔근거리며 숨을 쉬고 있는 것이 잠을 자고 있음이 분명하다.

사실 자운이 다시 잠을 자는 것으로 내력을 쌓는 것을 연구한 이유는 순전히 취록 때문이었다.

이들 중에 가장 내공과 무공이 부족한 이는 취록.

그녀는 자운과 설혜가 늙지 않는 와중에도 세월의 흐름을 피할 수 없었다.

하여 자운이 그녀를 위해 잠을 자며 내력을 쌓을 수 있는 방법을 연구한 것이다.

몇 날 며칠을 고생한 자운은 자신이 만든 부족한 내공심법을 개량해서 새 내공심법을 만들었다.

그것은 취록에게 전해주는 순간, 설혜가 자신 역시 익히고 싶다 하여 하는 김에 다 같이 익히자고 자리에 누웠다.

그리고 잠을 잔 것이……

'얼마나 흐른 거지?'

입고 잤던 마의는 또 다 낡아 있다.

아무래도 또 시간적으로 오류가 생긴 모양이었다.

심법을 수정한다고 수정을 했는데 한번 운용 하면 시간이 상상도 할 수 없을 정도로 흘러가는 것은 정말로 의문이었다.

'미치겠군.'

자운이 머리를 긁적였다.

옆에서 자고 있던 설혜와 취록을 깨웠다.

"야야. 일어나 봐."

발끝으로 설혜와 취록을 툭툭 친 자운이 일어나 한쪽으로 걸어간다.

한쪽에는 기관진식을 이용하여 보존이 잘 되도록 해둔 옷이 걸려 있었다.

그는 낡은 옷을 벗어 버리고는 새 옷으로 갈아입었다

황룡문을 상징하는 황룡이 옷 전체에 수놓아진 금포였다.

"으음. 무슨 일이에요?"

"무슨 일?"

설혜와 취록이 연달아 눈을 비비며 일어났다.

그리고는 자신의 옷을 보고는 화들짝 놀란다.

"어머!"

취록이 낡아버린 자신의 옷을 바라보며 깜짝 놀랐다는 표정을 지었다.

그리고는 곧 자신의 내력을 확인해 보고 역시 깜짝 놀랐다는 표정을 지었다.

내력이 상상도 할 수 없이 많이 늘어나 있었다.

'이게 어떻게 된 일이람.'

일이 갑자 정도의 내력을 예상하고 누웠던 것인데, 무려 십오 갑자가 넘어가는 내력이 단전 속에 있었다.

취록이 자신의 몸을 확인하는 동안, 자운은 취록과 설혜를 향해 옷 한 벌씩을 획획 던져 주었다.

"입어. 그리고 말이야, 시간이 또 굉장히 흐른 거 같거든?"

모든 일이 끝난 후, 그들은 함께 여생을 보내며 자운에게서 진실을 들을 수 있었다.

물론 설혜야 단편적이나마 알고 있던 진실이었지만, 취록은 눈을 크게 뜨며 놀라는 수밖에 없었다.

이백 년간의 폐관수련, 아니, 이백 년간 살아 있는 사람이라니.

한데 그 자운이 이번에 또 시간이 굉장히 흘렀다고 한다.

취록과 설혜는 자운이 보이지 않는 곳에서 옷을 갈아입었다.

그녀들은 동굴 한쪽에 흐르는 물에서 천천히 얼굴을 씻고 자운의 곁으로 돌아왔다.

"얼마나 흐른 거 같아요?"

취록의 물음에 자운이 고개를 갸웃했다.

"글쎄. 옷의 부식상태로 봐서는 한 백 년 정도는 더 흐르지 않았을까? 그럼 올해로 나이가 삼백이 넘어가는 건가."

자운이 혀끝을 쯧 하고 찼다. 어떻게 되어먹은 심법인지 한 번 누웠다 일어나면 백년 정도는 가볍게 흘러 있다.

옷을 다 갈아입은 자운은 동굴의 위에서 환하게 빛을 밝히고 있는 야명주를 살폈다.

최상급 야명주였는데 이제는 빛이 희미하다.

'시간이 더 흘렀을지도 모르겠네.'

최상급 야명주의 수명은 오백 년 정도로 알려져 있다.

자운이 저 야명주를 처음 구했을 때가 백 년 정도 사용되었을 때였다.

그때는 빛이 상당히 밝았는데 이제는 희미해지고 있으니, 어쩌면 이백 년 이상의 시간이 흘렀을지도 모르겠다.

"미치겠네. 그럼 내가 올해로 몇 살이야?"

손가락을 꿈지럭거리던 자운이 고개를 흔들었다.

아무리 생각해도 손가락으로 나이를 셀 수가 없다.

야명주까지 뽑아 품으로 챙긴 그는 동굴을 가로막고 있는 거대한 바위를 손으로 쓰다듬었다.

가벼운 행동.

하나 그 후에 일어난 일을 생각한다면 절대로 가볍다 말할 수 없을 것이다.

우르르릉—

동굴 전체가 한 번 잘게 떨렸다.

그 후에, 쩌적 하는 소리가 울리며 바위에 금이 가기 시작한다.

바위에 새겨진 금은 시간이 지날수록 더 진해졌고, 곧 바위 전체가 한번 크게 떨리더니 무너져 내렸다.

와르르르—

조각이 되어 떨어지는 돌들을 자운이 발끝으로 찼다.

툭툭—

가로막고 있던 거대한 바위가 사라지자 환한 햇살이 눈앞을 비추었다.

"흐음. 공기가 탁한데?"

그가 코끝을 찡긋하며 숨을 들이쉰다.

햇살도 예전만큼 따스한 것 같지 않았다.

밖을 살펴보았다. 주변에는 숲이 둘러져 있다.

'나무가 좀 줄어든 거 같은 느낌이 든단 말이지.'

수면에 들기 전, 그들은 일부러 사람의 발길이 잘 닿지 않는 울창한 산속을 골랐다.

한데 어쩐지 나무의 수가 그때와는 좀 달라진 것 같았다.

울창했던 숲이, 지금은 울창하다 말하기 힘들었다.

"시간이 그 정도나 흘렀으니 변하는 게 당연……."

누군가가 자운의 앞으로 지나가며 인사를 한다.

"어이구. 등산하러 오시면서 특이한 옷을 입고 오셨네."

말이 조금 특이하기는 했으나 알아듣지 못할 리는 없었다.

'사투린가? 그리고 등산?'

그의 말을 가볍게 사투리라 치부한 자운이 뒤를 쭉 살폈다.

남녀가 올라오는 곳에는 길이 나 있었다.

그 뒤로도 많은 이들이 특이한 형형색색의 옷을 입고, 요상한 지팡이를 짚고 산을 올라오고 있었다.

'뭐지?'

그런 그의 뒤로 설혜와 취록이 와서 섰다.

"누구?"

자운이 고개를 으쓱했다.

"글쎄. 모르겠는데?"

그들이 자운의 앞으로 지나가고, 자운이 한동안 멍하니 그 자리에 서 있었다.

아무래도 세상에 변해도 많이 변한 듯했다.

쿠드드드등—

그 순간, 하늘에서 무언가가 구름을 가르며 날아갔다.

"영물인가?"

자운이 고개를 갸웃하는 순간, 취록과 설혜가 하늘로 솟구쳐 오른다.

"잡아!"

설혜가 소리치고, 취록이 '네, 언니' 라고 답하며 하늘을 그대로 뻗어나갔다.

자운이 그 모습을 보더니 이마를 탁 하고 짚었다.

'성급하기는.'

공간격 한 방으로 땅에 떨어뜨리면 되는 일인데, 너무 성급하게 움직이지 않았는가.

하지만 두 아내가 먼저 움직였으니, 그도 움직여야 할 것이다.

자운이 발끝으로 가볍게 땅을 박차고 하늘을 향해 솟구쳐 올랐다.

그 모습을 늦게서야 올라오던 등산객이 발견하고 그 자리에서 놀라 엉덩방아를 찧었다.

"에구머니나!"

그는 오늘 일을 산신령을 만났다 생각했다.

터엉—

취록과 설혜가 하늘을 나는 괴조의 꽁무니에 내려섰다.

그런 둘을 뒤따라 자운 역시 가볍게 괴조의 위에 날아 선다.

"이거 괴조가 아니라 쇠로 만든 건데?"

자운이 기이한 물건을 때리며 말했다.

금강불괴에 이르면 피부가 강철처럼 단단해진다고는 하지만, 이렇게 완벽한 철과 같은 느낌은 아니었다.

이건 분명 철이다.

"허. 신기한 세상이네. 이렇게 무거운 철로 만든 게 하늘을 날고 말이야."

취록과 설혜가 부정할 생각이 없는 듯 고개를 끄덕였다.

"거기다 지금 이 안에 사람도 들어 있는 걸 보니 이 시대의 마차 같은 건가 본데?"

"우리가 얼마나 자고 일어나면 마차가 하늘을 날아다니는 걸까요?"

"글쎄. 한 오백 년?"

자운이 손가락 다섯 개를 쫙 하고 폈다.

하긴, 그 정도 시간이 흘렀다면 이런 철마가 하늘을 날아다닐 수도 있을 것이다.

"이거 신기한 경험인데? 우리도 타고 날아다녀 볼까?"

자운의 말에 취록과 설혜가 고개를 끄덕이고, 자운이 들어가는 문을 찾았다.

"여기로 들어가는 건가 본데?"

철마의 옆에 붙어 있는 문.

단단하게 봉해져 있지만 자운이 열지 못할 리는 없었다.

우득 하는 소리와 함께 문이 비틀려 열린다.

안으로 무서운 바람이 몰아쳤다.

날아다니는 비행기의 문을 잡아 뜯었으니 당연한 일이었다.

다행인 점은, 무서운 바람이 몰아치는 곳에 아무도 없었다는 점이다.

설혜와 자운, 그리고 취록은 아무 일도 없다는 듯 철마의 안으로 들어간 후에 문을 다시 제대로 끼워 놓았다.

"어디 보자. 아, 저기 사람들이 타고 있군."

자운이 사람들이 타고 있는 곳의 문을 열었다.

그 순간, 단 한 번도 듣도 보도 못한 말이 자운을 향해 들려왔다.

"Fuck!"

시커먼 물체가 자운의 앞으로 향한다.

자운이 눈을 꿈벅였다.

"이 새끼는 뭔데 지금 이곳에 있어!"

사내가 자운을 향해 무어라 소리쳤지만 알아들을 수가 없다.

혀에 콩기름이라도 바른 듯 굴러가는 그의 말에 자운이 물었다.

"주술 외우냐?"

사실 자운 일행이 올라탄 비행기는 지금 공중에서 납치가 된 상황이었다.

무장 테러 단체들이 총을 들고 승객들을 협박하며 요구사항을 아래로 전달하고 있던 중인 것이다.

자운이 주술을 외냐고 물어보자 그가 알아듣지 못하고 무어라 화를 낸다.

그리고는 탕!

자운의 고개가 뒤로 꺾였다.

"Hahahahahahahah!"

그가 웃음을 터뜨린다.

그거 하나는 잘 알아듣겠다.

총을 쏜 사내는 자신의 눈앞에 있는 이 녀석이 곧 피를 뿜으며 뒤로 넘어갈 것을 의심하지 않았다.

세상에 총을 견뎌내는 인간은 없다.

"아, 젠장. 아파라."

하나 자운은 인간이 아니었다.

우드득—

목뼈가 돌아가는 소리가 들리며 자운의 목이 원래대로 돌아왔다.

그리고는 미간 사이의 주름에 끼어 있는 탄환을 손가락으로 잡는다.

"뭐야, 이게? 당문의 새로운 암기인가? 잘 만들었네."

탄피를 손가락으로 우그러뜨린 그가 천천히 자신을 향해 총을 쏜 자를 향해 다가갔다.

"근데 살수의 실력이 영 병신이네. 암습을 하려면 좀 실력이 있는 녀석을 보냈어야지."

자운이 그의 팔을 잡았다.

우드득 하는 소리와 함께 뼈이 꺾여 나간다.

"으아아아아아아!"

사내가 괴성을 지르고, 자운이 그의 손에 들린 총을 뺏어들었다.

"암기통이면 좀 더 작아야 할 거 같은데."

꾹 하고 힘을 주자 자운의 손에서 총이 으스러진다.

갑작스럽게 일어난 상황에 승객들도, 다른 테러범들도 아무런 말을 하지 못했다.

그 중에 가장 빠르게 정신을 차린 테러범 사내가 무어라 소리를 치더니 자운을 향해 총을 쏘았다.

연달아 총이 불을 뿜고, 자운이 눈을 찌푸리며 소리쳤다.

"아쌰! 아프다고! 이 빌어먹을 새끼들아!"

21세기에 깨어난 자운은, 깨어난 첫날 아무것도 모르고 무장 테러 단체를 제압했다.

『황룡난신』 완결

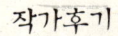

작가후기

　드디어 황룡난신이 끝났습니다. 푸하! 장장 일곱 권에 이르는 대장정이었습니다. 정말 황룡난신은 난산(難産)이었습니다. 사실 난신은 저에게 있어서 굉장히 쓰기 어려운 글이었습니다.
　한 번도 해보지 않은, 말 그대로 '나 막나가!' 형식의 캐릭터가 주연이었고, 조연들도 정상적인 사람이 없습니다.
　치매에 걸린 절대고수가 나오는가 하면 주인공에게 미친 놈이라고 욕을 하다가 항상 뒤통수를 맞는 절대고수도 나옵니다.

오히려 정상적인 절대고수들은 나오는 순간 적성 쪽에서 킬을 했다는 느낌. 결국은 정상이 아닌 사람들만 남게 되어서 무림을 이끌어가게 되었다.

그런 결론일까요?

뭐랄까, 결국에는 광인(狂人) 대결전으로 간 것 같은 느낌이지만 그건 착각입니다.

예, 자운의 이야기는 여기서 끝입니다. 결국 자운의 신명나는 깽판(신명이 났는지는 모르겠습니다. 어쨌든 자운이 움직이면 문파 하나가 박살이 납니다. 그래서 난신이지요)은 여기서 끝입니다.

난신의 이야기는 여기서 그만, 황룡을 타고 사라진 난신이 어디서 어떻게 살고 있던 그건 그것대로 독자님들이 재미있게 생각해 주셨으며 합니다.

농사를 짓다가 화딱지가 뻗쳐서 밭을 통째로 갈아엎었더니 오히려 농사가 잘되었다던가. 다시 잠들었더니 21세기, 깨어나서 처음으로 한 일이 비행기 테러리스트들을 제압하는 일이라던가…총알을 맞아도 넌 왜 죽지를 못하니! 라던가…….

흠흠.

이건 여담입니다.

어쨌든 간에 황룡난신은 여기서 끝입니다.

윤보람 누님, 성동이, 주애, 에티, 한결이, 티그 형님, 현철이, 기우 형님, 올인트법사 은희 씨, 동현이, 모두 마감하는 데 도와줘서 고맙습니다.

책 달라고 하는 웅 형, 편집에 애를 먹은 우진 담당님, 무협소설을 잘 읽지도 않으면서 매번 내 책은 꼬박꼬박 사주는 보람아(위의 윤보람 누님과는 다른 사람입니다), 가끔 전화 와서 내 힘 뺏어가는 민준아, 태욱아. 그리고 마감 방해하는 나의 대학 동기 둘, 인석아, 경진아, 모두 모두 고맙다.

마지막으로 이 책을 함께해 주신 독자 분들께 감사의 인사 전하며 이야기를 이만 마무리합니다. 저는 곧 새로운 작품으로 다시 돌아오도록 하겠습니다.

아월 비 백.
초여름 더위에 투쟁하며 일황 배상

Book Publishing CHUNGEORAM

魔道公子
마도공자

전기수
新무협 판타지 소설

2011년 새해 청어람이 자신있게 추천하는 신무협!

봉마곡에 갇힌 세 마두. 검마, 마의, 독마군.
몇십 년 동안 으르렁대며 살던 그들에게 눈 오는 아침, 하늘은 한 아이를 내려준다.

육아에는 무식한 세 마두에 의해
백호의 젖을 빨고 온갖 기를 주입당하면서 무럭무럭 성장한 마설천!

세 마두의 손에서 자라난 한 아이로 인해 이변이 일어나고,
파란이 생기고, 이윽고 강호에 새로운 바람이 불어온다!

마도를 뛰어넘어 천하를 호령할
마설천의 유쾌한 무림 소요기!

Book Publishing CHUNGEORAM

 유행이 아닌 자유추구 -
WWW.chungeoram.com

DREAM WALKER
드림워커

김현우 퓨전 판타지 소설

「레드 데스티니」,「골드 메이지」를 잇는
김현우표 퓨전 판타지 결정판!

『드림 워커』

단지… 꿈이라 생각했다. 그러나 어느날.
그 꿈이 현실을, 그리고 현실이 꿈을, 침범하기 시작했다.

루시드 드림!
힘든 삶 앞에 열린 새로운 세계!

그날 이후 모든 것이 바뀌었다!
기준의 삶도, 유렐의 삶도 모두 내 것이다!

Book Publishing CHUNGEORAM

WWW.chungeoram.com

마법사 무림기행

魔法師 武林紀行

김도형 퓨전 판타지 소설

**신예 김도형이 그려내는 퓨전 장르의 변혁!
무림을 무대로 펼쳐지는 마법사의 전설!**

무림에서 거지 소년으로 되살아난 마법사 브린.
더 이상 떨어질 곳도 없는 깊은 나락에서 마법사의 인생은 새로이 시작된다!

내 비록 시작은 이 꼴이나 그 끝은 창대하리니!

짓밟혀도 되살아나는 잡초 같은 생명력!
고난 속에서 빛을 발하는 날카로운 기재!

**무협과 판타지를 넘나드는
마법사 브린의 모험을 기대하라!**

Book Publishing CHUNGEORAM

유행이 아닌 자유추구 -
WWW.chungeoram.com

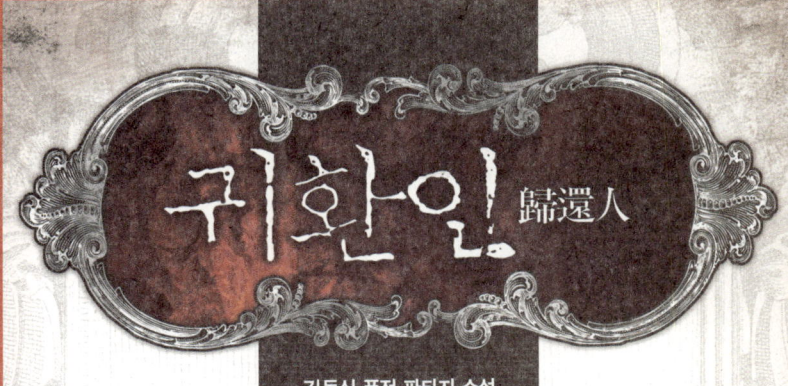

귀환인! 歸還人

김동신 퓨전 판타지 소설

모든 마수의 왕 베히모스.

그의 유일한 전인 파괴의 마공작 베르키.
마계를 피로 물들이고 공포로 군림했던 그가
드디어… 꿈에 그리던 한국으로 돌아왔다.

**"친구들아,
나 권태령이 드디어 돌아왔어!"**

피로 물들었던 마계의 나날을 잊고
가족과도 같은 친구들과 지내는 생활.
그 일상을 방해하는 자들은 결코 용서치 않는다!

**살기가 휘몰아치는 황금안을 깨우지 말라!
오감을 조여오는 강렬한 퓨전 판타지의 귀환!**

Book Publishing CHUNGEORAM

유행이 아닌 자유추구 -
WWW.chungeoram.com

THE KNIGHTS OF SQUARE

아더왕과 각탁의 기사

홍정훈 판타지 장편 소설

『비상하는 매』의 신선함, 『더 로그』의 치열함,
『월야환담』의 생동감.
그 모든 장점을 하나로 뭉쳐 만든 홍정훈식 판타지 팩션!

아더왕과 원탁의 기사.

전설의 검 엑스칼리버의 가호 아래 역사에 길이 남을 대왕국을 건설한
위대한 왕과 그의 충직한 기사들.

"…난 왜 이리 조건이 가혹해?!"

그 역사의 한복판에 나타난 이질적 존재, 요타!
수도사 킬워드의 신분을 빌려 아트릭스의 영주가 되어 천재적인 지략과 위압적인 신위를 휘두르며
아더왕이 다스리는 브리타니아에 정면으로 반기를 든다!

전설과 같이 시공을 뛰어넘어
새로운 아더왕의 이야기가 우리 앞에 나타난다!

Book Publishing CHUNGEORAM

유행이 아닌 자유추구 -
WWW.chungeoram.com